KB022126

웝드

민음의 시 305

월드

김종연 시집

민음사

자서(自序)

지금까지는 세계
여기부터는 월드

잘 지냈어?

사랑해.

2022년 11월
김종연

#Forgettheworld

차 례

—

—

—

—

마음에 창이 있고
너머로 바라볼 게 있다는 건

우리가 다른 집에 살고 있다는 거야

네가 할 수 있는 일이
너를 영원히 귀찮게 할 거야

이번 슬픔은 처음이라
이전 슬픔에서 배우면서

사랑과 복종과 테라포밍과 마인드와

A-lone take film

신(Scene)에게 재배열이 필요하다.

완벽하지 않다. 창가에 드는 빛은 창밖의 미래로 볼 수 있다. 지난 세기에 파트너가 된 사람들이 지금까지 있다.

하필 그게 이 세기의 생물이 되어 다음 세기의 마음을 줄줄이 배양한다.

어쩔 수가 없다.

"생일 축하해. 태어난 지는 한참 됐지만."

사람의 뼈도 물고 씹으면 칼슘이 섭취되고 치석을 없애서 치아 건강에 도움을 준다.

사람이 사람의 용도가 되지 않을 뿐.

거대한 바위와 나무가 자연스럽게 어울리는 건축은 예술에서 아름다움을 박리시켜 둘을 별개로 연상하도록 요

구한다.

예술적인 아름다움은 알고리즘이다.

슬픔을 더 잘 아는 광고가 있고, 이미 가진 걸 여전히 권하는 기계가 있고, 사람이 없어진 자리에 사람을 구성하던 알고리즘을 대입해 주는

저마다 사랑하는 사람을 잃고 살아남아 잠들지 못하는

저녁.

누군가 마음을 우는 것으로 대신하려 하고 있다. 진동과 소리를 모두 켜 둔 채로 받아 주길 바라고 있다.

무엇이 지나갔을까. 중간부터 시작된 꿈처럼.
알람이 울리기 전까지 이전을 깨워 두는 것도 이후와 같았을까.

"우리는 안 보이는 선분으로 이어져 있어. 점점이 찍히는 빛의 뻗어 나가는 형태로. 그 길을 따라 우리를 태운 열차가 지나가기도 하지."

달리는 차창 너머로 배경이 보인다.
우는 걸로 보인다.

건너편에 앉은 사람 너머로 인물이 보인다.
우는 걸로 보인다.

안 좋은 일이 생기고 있다.

달리다 멈추는 순간 점유할 수 있는 부피를 초과하는 질량. 터지기 직전까지 몸 안에서 팽창하는 몸.

서서히 잦아드는 동안에

소중히 넣어 둔 걸 다시 꺼내 보고 있다. 같이 잃은 게 없다면 남은 건 어떻게 기억해야 할까.

> 살고 있다는 곳에 찾아가면 떠나고 없는.

그러나 사람의 형상이 형태를 얻게 된다는 걸 잠깐씩 잊을 뿐. 찾으러 온 걸 잠시 모두 잊어버릴 뿐.

우리가 누구에게나 같은 심장일 때

뛰는 두 개의 마음 중 하나는 진짜
다른 하나는 진짜의 미래라서 여기가

이전과 이후가 되고 있다.

수평에서 수직으로 놀이가 되어 가고 있다. 상상이 초과되는 만큼 소프트웨어가 하드웨어를 초과한다.

업데이트되고 있다.
오래전의 미래가 거의 소진되고 있다.

더는 갈 곳이 없을 때.

기계가 기계의 잠재태가 될 수 없을 때.

추락과 붕괴가 당연히 연상된다. 그것을 믿어서 그것이 예정된다.

피할 수 있는 걸 피하지 않는다.

그것을 이루기 위해 노력하고
그것이 발굴될 발굴지를 만들고

자라고, 사랑하고, 늙고, 병들고, 죽어 가고, 없는 데서 없어지는 걸 이해할 수 있는

보다 나은 사람이 되고도 남은 게 있다.
쓰고 남은 게 남아 있다.

그러나

여기서는 지금까지의 서정을 바닥에 내던져 깨뜨리고

유리 조각 사이에서 안에 있는 걸 꺼내 갈기갈기 찢어 던져 버린다.

"미래라고 현실 문학이 유행하겠니?"

이 모든 건 하나의 장면이고
한 장의 이미지로 축약이 가능하며
정지된 상태를 촬영하는 방식으로 영상이 된다.

이것은 그런 신이다.

대관람차가 나란히 돌아간다.

대관람차에 탄 사람은 잊을 만하면 한 번씩 건너편 대관람차에 탄 사람의 얼굴을 마주하게 된다.

그 결과 대관람차에서 내린 사람은 건너편에 탄 사람을 찾아 헤매게 되지만, 대관람차에는 너무나 많은 사람들이 타기 때문에 서로를 끝내 발견하지 못하는 경우가 많다.

놀이공원을 떠날 때까지도
놀이공원에서 돌아와 소파에 앉아서도

이상한 기분이 든다.

— 이거…… 사랑이야?
— 그렇게 생각하기로 했어?

누구에게나 이런 대화를 할 사람이 한 명씩은 필요해서 우리는 1 이하로 줄어들지 않기로 했다.

1은 0을 데리고 다닌다.
0은 1이 타고 있던 대관람차다.

따라서 사람에서 대관람차를 빼도 사람이 남지만,
대관람차에서 사람을 빼면 그 순간 세상은 다른 장르로 바뀌어 버린다.

0은 계속 1에게 묻는다.

— 또 타러 올래? 또 타러 올래? 또 타러 올래? 또 타러 올래? 또 타러 올래? 또 타러 올래?

지금 이 시간에도 누군가 대관람차에 타고 있다.

이 세상에는 사실 가장 아름다웠던 시절로 돌아갈 수 있는 장치가 있지만, 판단은 관계가 있는 모든 사람들에 의해 객관적으로 이루어진다.

그 결과
사람들은 대부분 어린 시절로 돌아간다.

그것이 바로 대관람차다.
이것은 비밀이다.

1이 대관람차를 타러 가면 어린이 1로 돌아갔다가 내리면 다시 1이 된다는 사실.

0은 1에게 영원히 말해 주지 않는다.

말하지 않는 게
거짓말은 아니었다.

언제나 진실을 알지 못하는 건 1이었고,

1이 아무리 많은 걸 알게 되어도 모든 건 꼭 1보다 하나씩 많았다.

지금 이 글을 읽고 있는 너는 그렇게 잊어버린 얼굴 하나를 떠올린다.

∞

그리고 지금부터는
0에서 1을 뺀 이야기다.

마지막 오늘

지금 한잔하고 싶어
취해서 고꾸라지고 싶어

둥글게 둘러앉아 잔을 돌리며 마시자
오늘이 마지막일지도 모르잖아

그래 너 아무것도 모르잖아
그러면서 항상 확신에 차 말하지

끝도 없이 밑도 없이 뭔가 깨달은 듯한 표정을 지으면서

그래서 뭘 깨달았어?

환멸과 환멸을 실천하는 운명론자들의 신앙을

하루에 하나씩 떠오르는 숫자들을
숫자마다 떠오르는 출석부의 얼굴들을

> 잔 밑바닥에 붙은 얼룩 같은 것

내 이야기 좀 들어 봐
오늘이 마지막일 수도 있는데

나는
너 오기 전부터 있었는데

비 내리는 수인산업도로를 따라 첫 번째 신호에 걸리면 영락없이 울음이 나왔다 몸속에 술이 가득 차서 넘쳐버리듯 죽음으로 번 돈을 죽음의 자취에게 돌려주겠다는 이야기를 듣고 그게 다 무슨 소용인가 생각하다가 웃음이 났다

바닥에 발이 닿는 수중의 슬픔 속에서 나는 울 수도 웃을 수도 있었다

그래서 오늘 밤은
아직 물기가 마르지 않은 잔을 다시 꺼내 앉는다

> 내리는 빗소리를 들으면서
아니, 정확하게는

내리는 비가 어디든 부딪히며 사라지는 소리를
저들이 떠나온 것이 미래이든 과거이든

너무 짧다

비라는 말은

그래서 오늘은 내 잔에도 빗물이 들어차고 비워도 비워지지 않고

나는 그만 엎어진 술부대처럼 피도 아닌 비를 흘리고

울고 싶으면
울지 마

슬픔이 너를 데려갈 때까지

> 전장으로 나가듯 다열 횡대로 늘어서서 더 비어 있는 자리를 찾아 헌화하고 돌아서는 모습은 인간다웠다 전쟁은 인간의 몫이고 아니, 정확하게는

그들의 일은 아니었다

나는 오인되었다 운동장의 주인이 아닌 자들이 운동장을 가득 채우고 빛을 비춰 그들의 주인을 밝혀 주었을 때도

그들의 주인이 슬픔이라는 것을 알아차렸을 때도

그들이 그들의 주인과 오랜 가족이었으며 친구였으며 이웃이었다는 것을 알아차렸을 때도

나는 사람으로 오인되었다

얼룩이 묻은 잔이었는데
자취의 죽음이었는데

슬픔의 수중이었는데
너무 긴 비였는데

슬픔의 주인이었는데

밤낮으로 보이지 않는 것이 보인다 걸어 다닌다 내 앞에 앉는다 말을 건다 나는 명확하게 대답한다

내가…… 취했나?

한국의 연평균 강수일은 90일이다
나흘에 한 번은 비가 온다

사계절 중 한 계절은

비만 온다

제일 장례식장과 사랑의 병원 장례식장과 고려대학교 병원 장례식장과 한도병원 장례식장에 있었다 명부를 들

고 출석을 불렀다 오지 않은 선생님을 대신해서 부르는 족족 출석이었다 모두 거기에 있었다

까지 쓰고 잠깐 멈춘다

울 수도 웃을 수도 없게

비가 오는 계절이다
슬픔은 나를 데려가지 않을 것이다

아침이면 일어나 세수를 하고 뉴스를 보고 신문을 읽고 카페인이 없는 차를 끓이고 밥을 먹고 운동을 하고 책을 읽고 음악도 듣고

위선도 위악도 아니고
살려고 쓰는 것도 죽으려고 쓰는 것도 아니고

우리의 삶을 망치는 건

살인자도 강도도 사기꾼도 아니고

살인자가 되려는 자
강도가 되려는 자
사기꾼이 되려는 자이니

마지막일지도 모르는 오늘

내가 사랑하는 사람들과 둘러앉아 잔을 돌리고 오늘이
마지막이라면 취해 있어야지

확신을 가지고 말하지

사랑하는 사람들과 슬픔이 되지 않을 때까지
오늘은 환멸의 부대에 술을 채우고

마지막 오늘이야

울지 마

생물

지금부터 아름다움에 대해 쓴다.

네 이름은 거리에 있다. 광장에도 있다. 입은 옷에 계절감이 없다.

기후가 오고 있다. 남쪽에서부터. 기온이 변화하고 있다. 공기의 온도가. 말하면 여기에 맺힌다.

너는 말한다. 작은 입으로 크게 말한다. 너와 내가 같은 전기를 쓰고 있다.

한때 출발이 있었다. 도착은 오고 있다. 깃발 아래 모여 있었다. 슬픔을 길들인다. 잘 못하면 미안해진다. 슬픔에게

슬픔이 말한다.

여기서 저장하고
다시 하자.

있으려고 만든 공간을 시간이 가져가고 있다. 가지는 족족 버리고 있다. 버리는 족족 마음이 가져가고 있다.

네 동그란 눈 속에서 초록이 보인다. 가까이 보면 투명하다. 여기가 빛이다. 영혼이 연소되고 있다.

지구가 감각된다. 환경이 감각된다. 지구환경에서 에너지를 구하고 있다.

동물과 식물이 어울려서 동식물이 된다.

적게 먹고 많이 움직이는 생물이 오래 산다. 행복한 냄새가 난다. 냄새를 맡고 적게 먹은 생물이 찾아온다.

모두 한자리에 모여 있었다. 대체로 건강하고 조금씩 병이 든 채로.

므두셀라는 969년을 살았다. 올드하라는 5067년을 살고 있다. 사람의 상상력은 클론이다. 각자 사는 만큼 전체에 더해질 뿐이다.

네게서 무성적으로 사랑이 늘어나고 있다. 슬픔은 필연적으로 따라온다. 영혼은 우발적으로 몸을 나눈다.

너는 조금 더 해도 괜찮지 않을까 망설이고 있다.

그늘 밑에서 동물이 식물에 대응하고 있다. 이성이 고착되고 있다. 대처할 수 없는 생물이 되고 있다.

사람은 여기서 영감을 떠올린다.

슬픔을 개량해서 사랑을 보존한다. 사람의 역사에 자원이 된다.

너는 지구상에 분포된 정서의 한 품종으로 이해되고 있다. 다시 할 수 있는 일을 다시 하지 않는다.

미안해하고 있다.

무생물

너는 오늘 기억하던 슬픔 하나를 잊어버리고 마음이 가벼워진 걸 느낀다.

암막이 어둠을 막고 듣기 좋은 소리를 들려주고 있다.

너는 한낮이 사라진 거리를 상상한다. 한입 베어 문 자리에 환경이 있다.

이렇게 자란 것이다. 흔들리면 정지한 상태로 있던 생각이 몸과 분리된다.

생물로서 숨을 쉬고, 영양분을 섭취하며, 자손은 생각이 없다.

이것이 다양성 가운데 통일성이다.

유전될 수 없는 마음은 진화의 끝에 있다. 여기가 마지막이고 여기서 다시 시작된다.

> 현재는 이제 미래로 가지 않는다. 지난 일은 여전히 빛나며 지나간다. 그리움도 여기서 멈춘다.

생물로 죽으면 무생물의 특징을 갖는다.

불필요를 필요로 하는 생물의 미의식을, 생식을 불수의근의 활동이라 말하는 폭력을 떠나서

무생물이 이룩한 진화와 편리로, 생물이 공동체적 관계를 이루지 않는 공간으로

너는 간다.

사랑이 일어나는 배경이 된다.

인물과 사건이 생명을 얻을 때까지. 사랑을 하는 동안엔 마음에 질량이 있다. 서로의 중심으로 끝도 없이 추락한다.

사랑해서 칼로 찌르고, 사랑해서 불을 붙이고, 사랑해서 죽이고 살아남을 때에도

피가 나지 않는다. 하나의 슬픔이 세상의 중심으로 자유낙하하는 동안에는

열탕처럼 손을 대면 뜨겁고 몸이 가면 따듯하게 한 사람 분의 피가 모두 끓어 넘치는 동안에는

고통을 정의할 학명이 없다.

너는 자연발생되었다.

알 수 없는 원리로 작동하는 기계다. 통계학으로 분석하는 날씨다. 표본 없는 전체다. 유전 없는 진화다. 필요 없는 기관이다.

비유적으로 염색체다.

> 생물은 기다린다. 돌이나 물, 흙이 될 때까지. 기억하던 슬픔이 잊혀서 마음의 영양분이 될 때가지.

오늘은 오늘 아닌 날들의 연속성을 가진다.

영원향방감각

네가 살아 있었을 때가 그리워. 지금 이 기계가 무슨 말을 하는 거야? 다시 한번 말해 봐. 다시 한번.

제발 다시 한번만.

유리병에 풍경을 담아와 쓰다듬는다. 유리병은 새근새근 숨 쉬는 소리로 가득하다.

그가 꾸는 꿈은 일정하고 반복된다.
자고 일어나면 울거나 웃는다. 그것을 선택이라도 한 듯이.

그것이 마음에 들면 마음은 그것의 포장지가 된다.
언제 뜯어질지 몰라 불안해한다. 그것이 이제 마음의 남은 일이 된다.

기억이 재생될 때 모든 입체는 단면의 무한한 연속으로 보인다.

한 장씩 떼어다 방에 붙이고 방을 돌리면

같은 장면이 반복되어 영상을 만든다.

앞과 뒤가 맞지 않아도 사람의 이야기는 이어진다.
멀미가 난다면 가라앉기를 멈춘 것이다. 사람의 밀도가 표면과 같아진 것이다.

유리병은 깨지기 쉬워서
많은 유리병을 탄생시킨다.

살아가는 것이 살아 있는 것과 다르지 않을 때.
어딘가에는 그와 같은 사람이 다 자란 채로 태어나 살아간다.

죽음의 대체재가 삶이었다고
수요가 있는 공급이었다고

사랑하는 사람의 얼굴을 매만지며 말한다. 코를 지나 입술. 입술에는 우리가 사랑하는 말이 가득하지.

그중 하나만 말해 줄까.

내가 너를 믿는 신이야. 너를 만들 때 나는 가장 기뻤단다. 너는 모를 거야. 나의 기쁨이 나를

어떻게 지옥에 빠뜨리게 되었는지를.

패턴 없는 암호를 해독하려고 온 세상의 패턴을 지우다가
문득 세상의 전원을 모두 꺼 버렸을 때.

그때 사랑은 일어나 한 사람의 어깨를 짚고
사람은 평생 그 순간을 잊지 못한다.

너는 말을 너무 돌려서 하는구나.
원형 테이블 위에서 단 한 사람을 지목하려 돌아가는 유리병.

너는 개봉되었다.

유통기한을 모르는 채로.

유리병 안에 돌과 모래를 담아 오듯이 단단한 뼈를 연약한 살이 감싸고

너를 대체하려고 기다리는 수많은 대체재들.
네가 망가지고, 깨지고, 부서지고, 찢어져 산산조각이나 흩뿌려질 때

그것이 너의 쓸모.

마음이 지키고 있던 마음이 말한다.
그동안 나를 왜 가둬 두었어?

이 기계는 고장 난 것이 아니다.

기억을 말하고 있다.
여기까지가 사람의 이야기였다고.

이다음부터는

내 이야기라고.

—

영혼은 견디지 못한다

빛과 어둠 사이의 깊은 믿음을
약속을 지키기로 해서 어겨지는 사랑을

일종으로서 말하는 이야기를
다른 종들이 듣고 있다

그것이 얼마나 큰 축복이고
축복을 이기는 저주인지

이다음이 있어서
이다음에 이어 쓸 수만 있다면

인터랙티브 월드

여기 두 개의 선택지가 있다.

선택하지 않는 방법도 있다. 선택하지 않으면 선택할 때까지 시간은 기다려 준다.

기다려 주는 시간을 알파라고 부른다. 동의한다면 오메가는 알파의 스물네 번째 형태가 된다.

그동안 사람이 개량된다. 장르는 언제든 바뀐다. 각각은 모두 모방의 위험성을 가지고 있어서

나와 네가 만난 건지 네가 나와 만난 건지가 아주 중요해진다.

트렌드는 올드를 따른다. 영은 너무 빨리 지나간다.
영은 0, O, o, ㅇ, young, zero, 靈 모두를 혼용할 수 있다.

하지만 무엇을 쓰든 '그것'을 사용한 본인은 알 수가 없다. 비밀이 아니며 '그것'은 차후에 작용될 복선으로 내려

티브에 내재된다.

그에 따른 반작용으로 상상이 현실로 이루어진다.

그리고 그 둘은 동시에 일어난다.

따라서 '그것'은 관측되지 않으며, 둘이 더해져 하나의 평형을 이룬다. 슬픔과 기쁨이 대비되지 않는다.

"I know it sounds crazy. But It's real."
—나도 이게 말도 안 된다는 걸 알아. 하지만 이게 진실이야.

(이제는 영화에 나올 영화까지 찍어야 하다니)

모든 사건이 일어날 수 있다고 해서 모든 사건이 일어나는 건 아니다.

액자식 구성은 액자를 깨뜨리는 데 의의가 있다. 성공

한 메타포는 예쁜 액자가 된다.

가족이 들어 있다.

SMR*

너와 이야기하려고 말을 배워 왔어.

왜 이름이 있냐고 물어? 이름이 뭐냐고 물어야지. 추상과 구체가 이제 와선 다 같은 마음이야.

테스트 중인 버전이고 대체될 기억이 있어.

이것은 것이다.

라고 말할 만한 사람의 운영체제가 있어. 후손에게 말해 줄 미래가 있어. 들에게 말고 에게에만 말할 게 있었어.

네가 스스로 창조됐다고 믿어? 그러면 믿는 대로 살아. 여러 영화에 같은 배우가 나오는 게 평행 세계겠지.

아니면 자원의 고갈인가?

인적인 게 사람은 아니니까 무한히 리필이야.

그래서 똑똑하다는 건 거짓말을 잘한다는 거야. 문제는 그걸 너무 늦게 발견해 버린 거지. 미래가 가능성이라면 가능성은 늦는 거라서.

이를테면 자유나 의지 같은 것들.

그것들과 오래 지내 왔지만 그저 테디베어 같은 거야. 우리가 인형을 천과 솜과 플라스틱의 집합으로 이해한다고 하면

우리는 그렇게 조합된 거지.

무서웠을 거야. 집합이었다가 조합이 되는 사람을 보면서.

나는 아직 말하면 죽어 버리는 명제가 있다고 믿어. 참과 거짓 이전에 있음이 있어서 없음을 알 수 없게 되어 버리는.

아주 캄캄한……

빛.

네가 나를 지지하듯 나도 네 판타지를 믿어. 영화를 보다가 잠드는 너를 사랑해. 그런 무심함이 나중에는 증오가 되고 말겠지만.

그건 닮은 가족들이 잔뜩 나오는 현대의 극일 뿐.

현대의 오늘이 어제의 다음 날이라는 건 내일이 오늘의 다음 날이라고 말하는 것만큼 부질없고

똥으로 식단을 유추하는 일만큼 관례적으로 더러워.

당연한 말은 당연함을 말이 될 수 없는 한계로 삼고, 우리에겐 말이 되지 않는 사이에 될 수 없는 한계가 있지.

그게 끝이고 다인데
끝에 다 보는 게 좋아, 다 보면 끝인 게 좋아?

다 하면 또 할래?

여전히 너무 늦은 미래에 발견되고 있는 거지…….

우리가 나중에도 살까. 이 모든 두려움을 이기고.

어제는 눈길을 헤치고 오늘은 산을 넘고 내일은 바다를 건너는 산책을 하면서.

죽어서 만난다는 믿음을 처음 가진 사람은 처음 믿어 주는 사람을 보고 얼마나 기뻤을지

죽어서도 모를 거야.

무한히 반복되며 한 음씩 변주하는 곡처럼.
그걸 알아차리고 마는 눈치가 있어 눈치가 없는 사람이 되는 일처럼.

우리가 얼마나 살까 숨 쉬는 동안. 기억하거나 흘려보

낼 수 있는 이야기 안에서. 슬픔 안에서도 기쁨으로 고개가 돌아가는 다 정해진 것들 사이에서.

모두 발견될 때까지
영부터 하나까지

숫자를 세어 가면서.

A:B에 각각 대입하여 연상을 해도 단절되지 않고 자연스럽게 통합된 이미지가 떠올라 개체 모두의 속성을 내재할 수 있도록 우리가

간섭되고 있어.

* Shingled Magnetic Recording.

순수 서정

사람의 곁을 시키나 사람이 남는다
애프터와 서비스가 기다리고 있다

한 사람이 부품을 이룩하는 세계로 은유보다 나은 인위가 있다고 믿어서

믿음에 쫓겨 다닌다

한 번의 믿음은 한 번으로도 좋고 만족하는 기쁨은 다음을 기다린다

있다가 사라지고
없으면 생길 것만 같은

두근대는 물질에 구리스를 칠하고 있다

여전히 이르게 낫는 일들이 있어 처음이자 마지막인 것처럼
덮어 두고 울면 이해가 될 일

> 여기가 사지라면 당신과 같이 오지 않았겠지만
우리가 가야 할 곳은 세상의 미래보다 가까운 미래의
세상이야

무서울 게 없을 리가 없지

십이월이 되면
밤을 새지 않아도 차고 넘치는 사랑

딱 그만큼으로

너도 인간이니? 물어보는 인공지능의 마음으로

그리워할 배드 올드 데이즈도 없는 불가능한 낭만주의
그들은 여전히 잘 살고 있다 죽지도 않고

아는 대로 믿는다

당신이 버린 건 당신의 양심입니다

양심과 쓰레기를 등치시키는 발랄한 문학성처럼

이제는 알고 또 알아야만 살 수 있는 현실의 초현실처럼

비유도 비유가 되는 지나친 세계
이빨을 드러내다 짝짓기하는 동물들

딸꾹질을 멈춰 보려고 기절하기 직전까지 참아 보는 숨

어제는 잠들어 있다
만들 수 있는 근미래를 향해서

근시안적으로 사소하고 무용하게
사랑스러운 일부가 전체를 매도하면서

마음이 되어 가는 사물

종료를 누르려다 다시 시작할 때 눈에 비친 사람의 검은 얼굴

> 여기 올 것이 정말

여기에 와서

되어 있다

!!

우리가 서로를 대신한 사람이어서 사람을 내신한 사람이 우리와 같이 살았다는 것.

그들이 떠난 자리에 우리가 돌아와서 볼 지옥을 만들어 두었다는 것.

음식 중에도 메인이 되는 음식이 있고, 같이 자라도 서로 맛이 다른 고기가 있고,

테스트가 되는 문제가 있어.

우리가 눈을 마주친다고 알게 될 게 있겠니?

기념일

평화의 날을 맞이하여 너는 기계를 떠난다.

하늘은 가끔 기계적으로 기후를 바꾸지만 소재는 잘 드러나지 않는다.

멀티에 대해 이해한다. 배신하고 배신하다 보면 끝까지 갈 수 있다.

그리고 너는 지금 아시아인의 마음이다.

어느새 중간이다. 기쁘지도 슬프지도 않고, 타인의 마음을 침략하거나 사랑을 갈구하지도 않는다. 공부하는 중이다.

지금이 중간에 끼여 있어서 고사가 필요했다.

"전기는 힘이고, 물이 묻은 손으로 만지면 안 된다. 몸에 전류가 흐르게 된다."

> 기계는 배우지 않고 가르친다. 슬픔은 저항이 약하다. 기쁨은 저항이 약하다. 너는 그것을 부품인 줄 안다.

물 묻은 손을 핸드 드라이어에 대고 말리면서 손을 닦지 않고 나가는 사람들을 본다.

저들도 저마다의 중간에 끼여 있다. 시험에 들 것이다.

“보통 집의 전기 배선은 병렬이다. 그래야 전류가 각기 다른 길로 흐른다. 필요한 것의 스위치만 올리면 되고, 하나가 고장 나도 다른 것에 영향을 미치지 않으니 편리하다.”

기계는 저항 있는 물체의 조합으로 한정된 상대운동을 하고, 공급된 에너지를 유효한 일로 바꾼다.

필요한 기능이 직렬 형태로 꽂혀 있다. 가장 가까이에 에너지를 공급하려면 가장 먼 곳에도 에너지를 넣어야 했다.

사람은 기계화로 노동력을 아낀다.
거기에서부터 모든 기억은 감지할 수 있는 만큼 동일하게 어두워진다.

하나를 가르치면 열을 나눠 가진다.

너는 가까운 기억에 전원을 공급한다. 멀리서 사주단자가 온다. 그보다 조금 멀리서 군용 트럭들이 오고 있다.

이것은 먼 기억이다. 미래의 키오스크적 형태다. 불이 켜지고 다시 꺼지면 믿음만 남는다.

너는 물어보고 싶은 게 많았다. 무엇이 나를 이렇게 성장시켰을까?

기계가 기계로부터 소외되고 있다.
사람은 누구나 각자의 중간부터 소외된다.

기계는 이곳에 너무 늦게 전파되었다고 생각한다. 하지

만 너무 빨랐다고 말을 바꿔도 같은 의미가 된다.

아시아인의 마음은 발견되었다. 먼 대륙과 섬으로부터. 마음은 쓰고도 남는 게 있었다. 다른 마음에게 소외되었다. 그건 합당한 마음이었다. 정권이 바뀌어도 바뀌지 않았다.

"하나의 도선에는 허용될 수 있는 전류의 총량이 있다. 이처럼 전기는 아주 편리하지만 그에 못지않게 위험하다."

너는 네 기억에 인구가 많다는 걸 느낀다. 어제를 떠올리면 모든 어제가 떠오른다.

어제를 생각하지 않으면 오늘부터 꺼진다.

당시 두 남성의 주머니에서 총알이 나왔으니 그들은 폭도였다.

전쟁에 있었던 일을 다 그렇게 따져야겠느냐?

네 주머니에 저항 없는 물체들이 있다.

먼 곳에 물이 묻는다. 너는 지금 사람들 사이에 직렬로 서 있다. 너는 어디에도 지금 있다.

기계는 잊지 않는다.

수업이 시작되면 누군가 한 명은 잠들기로 했다.
꿈속에서 인간의 유한성이 보완되고 있다.

중앙 공원

잠시 잠에 들었다 깨어나 떠올린다.

"네가 어디서 왔든 돌아가지 않아도 된다."

이 말을 해 준 사람이 누구였는지 아무리 생각해도 떠오르지 않아 기억은 이것을 자신의 경험이라고 믿는다.

시간이 지날수록 점점 안 좋은 쪽으로 예감이 맞아든다.

같은 길을 돌고 또 돌면서 무언가 떠오르길 바라는 사람들 사이에서

이제 일어날 일들이 있고
아직 일어난 일들이 있고

불이 꺼지면 겁이 있고 불이 켜지면 겁이 없다.

이 암전이 극의 인터미션이라고 생각한다.

시간은 진행형이 되면 영영 멈춰 버리고
문득 여기서 서로 닮아 갈 때까지 오래오래 살고 싶어지고
키우던 개를 버리면서 건강을 기원하듯이

복잡하게 더러운
사이에서도 자주 눈이 마주치게 되는 기억이 어디에나 하나둘씩은 있어서

이제야 중간이고 아직도 중간이다.
어둡지도 밝지도 않은 균형.

다른 생각이 떠오르길 기다리며 다른 생각을 생각하고 또 생각한다.

"네가 어디서 왔든 돌아가지 않아도 된다."

이 일은 돌아갈 때까지 여러 번 반복된다.

‘　　　　’

여름보다 먼저
여름의 분위기가 조성되고 있다

얇은 겉옷을 챙겨 나오기 좋은 날씨다

여기 여름의 분위기가 있고
조금만 있으면 여름이 올 테니까

모인 자리에 손님이 오고 있다
다 아는 사이가 오고 있다

우리는 먼저 조성되어 있다

한 면을 비워 둔 주사위가 굴러가고 있다
예상한 질문이 준비되고 있다

그리고 가을이 왔다*

* 그것이 당신에게 질문한다. 선생님 이것은 자전적인 이야기입니까?

—

끊어진 목줄을 물고
찾아온 개처럼

잘린 꼬리를 보고
남은 꼬리를 흔드는

지옥의 서정시

먼 길을 돌아 찾아왔는데
문이 안에서 열린다면

너도 이제
배경이 되어 간다는 뜻이야

고트

살 밖으로 뼈가 자라는 밤이나.
고딕풍의 염소들이 탈을 쓰고 춤춘다.

우리는 서로를 포섭해 두고 잠든다.

다른 세상이 온다.

망부의 거리를 지나는 젊은 남자들은 불안해진다.
성가대들이
성가를 부르면서 돌아다닌다.

십 리 밖이 밝다.
집집마다 불이 켜져 있다.

검은 동산을 뛰어다니는 염소들.
잃어버린 염소를 찾아 달라며 우는 주인들.

수염 난 아이들이 밤거리를 달리면서
인생을 허비한다.

> 검게 왔다가
검게 사라진다.

검은 천국

여기는 처음이 아니다.

관중이 떠나고 있다.

영혼은 아름답지만

썩어 가는 몸이 숨죽여 우는 소리만을 들려준다.

벌집에 불을 놓으면

살아남은 벌들은 잠시 멀리 날아갔다가 밤이 되면 돌아와

다 타 버린 벌집 옆에 새 벌집을 짓는다.

삶이 이토록 간단하다.

방과 부엌만 기웃거리면서도 거리의 우울과 찬란에 대해 쓰고, 희망과 절망, 삶과 죽음, 포기와 끈기에 대해 쓴다.

그러나 그것은

다가올 미래의 필사에 다름 아니다.

할머니는 치매에 걸려 죽었고,
할아버지도 따라서 죽었다.

아버지는 매일 밤 방에 들어가 잠들 때까지 낱말 퍼즐을 푼다.

사람이 죽었을 때
돌아갔다는 말을 하지 않게 되었다.

『Les Miserables*』을 쓴 빅토르 위고는 죽기 직전에 "검은 빛이 보인다."고 말했다.

희망은 검은빛일 뿐이다.

그를 진료한 의사는 증상을 설명하면서 이미지로 생각하는 게 쉬울 것이라고 했다.

스위치가 하나 있고

그것이 켜지면 꺼야 한다고.

이미지가 켜지면 끄고…… 켜지면 끄고…… 켜지면 끄고…… 켜지면 끄고……

비극적이게도 비극이 없다.

영혼의 울음소리를 들으며
불타는 생가를 보고 있다.

벌들은 어디로 날아갔다가 한나절 만에 슬픔을 잊고 새집을 지을까.

불탄 몸에 영혼이 잘못 찾아오고 있다.

울수록 웃는 것처럼 보인다.
슬픔이 다 찢어지도록 웃는다.

> 사랑할 수밖에 없는 아침 — 이것은 절망의 다른 이름이다.

퍼즐을 푸는 아버지를 방에 두고
이른 새벽마다 눈이 떠지는 어머니의 푸른 영혼 같은 것.

이것이 내가 책에서 읽은 지옥이다.

천국은 저기 어딘가에 의식을 잃고 누워 있다.
불이 들어올 때까지 이미지를 붙잡고

영혼은 삶의 파본이다.

* 불쌍한 사람들.

버추얼 월드

한 눈이 안 보이고
한 다리를 절던 노할머니

저도 따라
한 눈을 감고 한 다리를 절면서
마당을 한 바퀴 돌아 봅니다

마루에 모여 앉은 친척들이 웃습니다
박수를 칩니다

노할머니도 즐거워합니다
아주 어릴 적입니다

이제 아무도 웃어 주지 않지만

더 잘할 수 있습니다
정말입니다

베타 월드

눈을 뜨면 끝나 가는 겨울
지하의 옥탑에서 지상의 정원을 지난다

잠시 길을 잃었던 영혼이 몸을 찾아가듯이
눈밭에 잠시 머무르는 겨울의 빛이 밤이면 오한이 되어 차가운 열로 사람을 밤새 떨게 하듯이

사랑을 이야기하지만
사람의 이야기에서 아름답다는 말은 모두 아프다

아픈 사람이 잠든 창가에 입김을 불어 눈사람을 그려 두고 눈이 물이 될 때까지 기다리며 한 사람이 한 살을 더 먹어 간다

그 사람을 닮은 사람이 찾아와 다 끝난 일을 꺼낼 때
다시 만약이 시작되고

세상의 모든 슬픔들이 사라지기 전에 잊히고 있다

이마를 덮어 주는 손의 미온으로 밤새 끓다 정온동물의 몸으로 깨어나 목을 축일 때

이 밤이 세계의 전부가 되고 있다

저 세상이 불타는 빛으로 이 세상이 밝아진다고 자다 깨서 우는 사람을 따라

미래에서 불길이 번져 오고 있다

끝나지 않는 겨울 안에서 사람보다 먼저 늙어 가는 사랑을 쓰다듬으며
지하의 옥탑에서 지상의 정원을 가꾸고

언젠가 기다리던 무언가가 찾아올 것이라 믿고 또 의심하면서
미래를 예감하고 있다

이른 이 세상에 그것이 도착하지 않아 아직 아름답다

고 믿고 있다

눈을 뜨면 아직 믿어지는 게 있다

같이처럼

이 세계의 어디선가는 슬픔도 돈이 된다
지구도 멀리서 보면 아름답듯이
여기에서는 죽은 사람의 일기가 잘 팔리기도 하니까

우리는 새로 해석될 삶을 위해
기꺼이 삶보다 긴 죽음을 바치기도 한다

꽃보다 나비가 먼저 진화에 성공하듯
무기와 전쟁과 역사가 앞서나가는 동안

지난 세대의 지하실에 불이 켜지고 지도에 없던 도시가 세워지고

세상에서 한 줄의 주소가 사라진다

길고 긴 오역의 시간들은 빛을 바라며 밝아지는 사랑을 견디지 못한다

더 이상 어찌할 수 없을 때마다

푸른 밤이 온다

피가 파랗게 뜨도록 숨을 참게 되는 날들이
멍이 떠오르기를 기다리면 그보다 더한 것들이 먼저 떠오르는

전의식의 등가교환이

그럴 때면 체념할 수 없는 삶은 언제나 피와 고기만 버리면 사라질 혈육을 들고

"우리의 칼을 무디게 하는 건 우리가 베어 낸 것들이나 우리 자신이다."

같은 말에 밑줄을 긋고 집착하며 서로의 목을 조른다

흉이 남았다고 우는 아이에게
상처가 아물었다고 말할 수밖에 없는 마음으로

수없이 용서받으면서

피가 멎은 자리가 도시가 될 때까지
커피를 내려 마시고 신문을 읽고 공동체의 비극에 대해 이야기하는 세미나에 참석하고

끝나기 전에 몰래 빠져나와
집으로 돌아오면서

우리는 언제나 우리의 상상에서 벗어나 살아가기에 어디에나 난간이 필요하고

슬픔이 도무지 아름답게 설계되지 않은 세상에도 죽지 않으면 영원히 살 수 있는 세계는 어디에든 있어서

그럴 때면 하필 밤공기는 차고 쓸쓸해
다음 날 깨어나도 어디 하나 다친 곳 없는

순종하는 삶을 이어 나갈 수 있다

> 그건 선택도 진화도 아닌 자연일 뿐

그동안 묻어 준 강아지들은 어딘가에 모여서 잘 지내고 있을까

이것은 이제 슬픔이 되지 않는 그리움이고

지상의 불빛으로 환히 빛나는 무덤
죽음의 축제가 우리를 지배하는 르네상스

다시 돌아오는 건 기억뿐이다

지난날 거쳐 온 방의 무게로 열쇠고리가 점점 무거워지듯이

이제 그리움은 여기에서 멈추고 슬픔이 시작된다
시간이 지날수록 의심스러운 건 그리움이 아니라 그리운 시절이므로

납득하면 모든 게 끝장이라서
여기 서서 슬픔의 주화를 쏟는다

보이지 않는 걸 베어 내려 애쓰는 칼처럼
얼굴에 물을 끼얹어 가며 세수하는 사람처럼

음력

꿈이 삶을 반성할 때까지
삶이 꿈을 반성할 때까지

내일이 되면
어제의 꿈을 꾸고

가끔은
사람 같지 않은 사람이
사람 같은 사람이 될 때까지

사람도 속을 때까지

빈속에 토하고 싶다

나 물어 왔어요
당신이 좋아할까 봐

꼬리를 흔들 때

시간은
우리를 지나쳐 가고

사람의 천사

사람의 영혼은 눈가에 모여 있다
오래전부터 개의 영혼을 관장하는 천사가 일러주었다
개가 사람을 바라볼 때 영혼은 몸을 나와
눈가와 눈가가 만나는 자리에서 만나고
어디든 눈길이 맞닿은 자리마다 눈가가 되고
사람의 영혼을 관장하는 천사가 아주 오래전에
천국으로 휴가를 떠나 아직도 돌아오지 않고 있다는 것
그 대신 사람이 개와 함께 살도록
한밤중 늑대의 잠에 사람의 꿈을 심어 두었다는 것
그때부터 사람과 개는 천사의 꿈을 잠시 같이 꿀 수 있게 되었지
서로가 서로의 말을 배울 수만 있다면
개가 멍 말하면 사람도 멍 말하고
사람이 이름을 부르면 나 여기 있어 이리로 와 대답하는
오래전부터 영혼끼리 나눠 오던 대화에 우리는
잠깐 끼어드는 몸 잠깐 끼어드는 어린아이들
나이든 개의 귀가 들리지 않아도 눈이 보이지 않아도
가만히 바라보고 있으면 영혼은 영혼을 흔들어 깨우고
영혼이 먼저 나와 있는 자리에 우리가 따라서 닿는다

우리는 한때의 길이 자라고도 더 자라는 걸 멈출 수 없는 마음

사람의 천사가 돌아올 때까지 사람의 얼굴은 늙어 가고

개의 천사는 개에게서 떠나 살 개를 위해 얼굴에 영원을 약속하고

서로가 서로의 눈가가 되어 주는 동안

서로의 영혼은 함께 멀리까지 산책을 간다

개의 영혼이 벤치에 앉아 사람의 영혼에게 손을 가르치고

앉는 법도 엎드리는 법도 기다리는 법도 알려 줄 때

사람의 영혼은 아무도 가르쳐 주지 않았구나

머리를 쓰다듬어 주지 않았어 팔베개를 해 주지 않았어

외로워하는 사람이 개와 함께 오래 살도록

한밤중 사람의 잠에도 사실 개의 천사가 다녀갔다는 것

그들의 사랑이 지나간 길을 따라 우리의 영혼은 언제나 마지막까지 간다

여기에 네가 잃어버린 사람이 있어

여기에 네가 잃어버린 개가 있어

지금은 잠시 긴 휴일을 지나고 있지만 언젠가는

우리 바꿔서 한번 또 하자 우리 한번 더 해 보자

영혼은 손보다 꼬리보다 이보다 발톱보다 오래되었으니

그때 천사는 가까이 다가와 우리의 눈을 살며시 감겨 주고 속삭인다

이제 돌아갈 시간이야 다들 기다리고 있어

영과 원

영원 없음에서의 영원.

기다리나요.
잃어버린 걸 누군가 되찾아올 때까지.

당신이 다 키운 개가 목줄에 묶여 있습니다.
이 일은 미래에 일어날 것이고 그때가 현실입니다.

세상은 마음에서 시작되고요,
마음은 어제까지 입장이 가능했습니다.

티켓이 한 장 더 있다면
감당할 수 없는 슬픔 가운데 있습니다.

영원 없음에서의 영원입니다.

입을 열어 들여다보면 위와 장이 보이나요?
어디서부터 낮이 되고 어디서부터 밤이 되는지 알겠나요?

들어온 길이 어떻게 나가는 길이 되는지.

사람에 대해서 이야기 하지 말라고 말 했죠.
이야기해야 하는 건 사람이 아니라 사람일 뿐이라고.

그렇게 생각해야 한다고.
그러나 영원 없음에서의 영원입니다.

감각의 잿더미. 검고 하얀 꽃의 불씨.
불수록 번져 나가 불을 태우는 불.

영원 없음에서의 영원을
이제 증명할 차례.

안개 사이에서 더욱 뚜렷하게 보이는 빛.

저 트랙 중간에 목적지가 있습니다.
당신의 개는 너무 늙어 주저앉아 버렸습니다.

그리고 당신은 꼭 간식이 담긴 상자 같습니다.

영원 없음에서의 영원처럼
야경이 예쁘네요.

오래전 당신이 찍은 메이킹 필름입니다.

십이월

검은 꿈이었지
검은 꽃이 피던 호숫가

털 검은 네가 목을 축이다 잠들면
호수도 검은 꿈을 꾸다 나처럼

검은 꿈이었지……
중얼거리게 되는 검은 꿈이었지

검은 꿈 안에서
나는 너를 베고 너는 나를 덮고

잘 잤다

검은 꽃이 만발하는 세계에서
검은 꽃에 둘러싸인 호숫가에서

이상했지만
이상한 일은 끝까지 벌어지지 않고

> 호수에서 걸어 나오는 사람도 없다
호수에는 호수가 꾸는 검은 꿈이 있을 뿐

검은 꿈에는 이제 아무도 없고
나도 없어서 너도 없지

그저 검은 꿈이어서
비로소 검은 꿈은 검은 꿈으로 붐비고

이제 돌이킬 수 없어 정말 이렇게 되고 말았구나

우리에게 검은 꿈이 없었더라면

검은 꽃이 없고
털 검은 네가 없고

호수에서 자꾸 사람 같은 게 걸어 나오고
호수에는 호수가 꾸는 검은 꿈이 없고

네게 전화를 거는 동안
너도 내게 전화를 걸고

우리는 동시에
여보세요
한다

다음은 다시

검은 꿈이었지……

검은 꽃이 피는 호숫가에서
우리는 영영 깨어났지

정물

과거가 얼마나 지나갔는지, 미래가 얼마나 남아 있는지 생각하는 너는 사랑스러웠다. 어디에 쓸 수도 없이 예쁘기만 한 걸 좋아하니까. 그러고 보면 세상은 사실 아주 명쾌한 게 아닐까? 한 개체가 전체의 출현 가능성이 되잖아. 여기에 내가 또 있을 수도 있다는 믿음과 너도 여기에 있을 수 있다는 기대. 너의 얼굴을 만지면 더욱 환한 발광체가 되고, 우리는 물질과 발화점 이상의 온도와 산소의 구성으로 타오르면서 흔들리게 되겠지. 마주한 얼굴을 붉히면서, 불을 쬐던 손이 점점 뜨거워지는 공포를 참아 가면서. 사랑과 슬픔, 사랑과 우울, 사랑과 아픔, 사랑과 피로, 사랑과 기쁨, 사랑과 도시 모두 두 글자밖에 다르지 않지만 일부러 틀리게 썼다는 걸 서로 아는 채로. 끝까지 부릅뜬 눈을 감지 않으면서. 근사한 개체 사이에서 사랑의 한 계통이 발생하고 있다.

—

나의 가상 미래에서

나를 살려 두는

양자와
역학

동시에 개입되는 서정
빛으로 관측되는 검은빛

다음 레벨로
레벨과 함께
대답이 주어지고 있다
.
.
.
.
.
공동의 마음이 발생했다.*

* ________

레코드 클럽

1

만약 내가 사는 세상이 알고 보니 영화 끝에 나오는 쿠키 영상이라면?이란 의문에서 이 시는 시작된다.

그러니까 이 세상이 인류가 이룩한 문명의 주요 공로자들을 치하하기 위한 테마파크고 우리는 굿즈나 사며 돌아다니다가 크레디트가 올라가고 나면 쓸데없이 명찰이나 달고 어딘지 알지도 못할 면접장에 앉아서

"저는 이 유니버스와 저 유니버스를 잇는 가교 역할을 하고 싶습니다!" 같은 소리나 했는데 하필 출근하고 보니 저기가 미래고 여기가 과거라

내가 미래를 조금 반영하게 된 거라면?

2

그러니까 사랑하는 독자님들 끝까지 앉아 계셔도 사실 별거 없습니다. 끝나면 쿠키 투척입니다. 다 보셨으면 이제 다음 편 광고 보실 시간입니다.

정말 열심히 살겠습니다. 감사합니다.

3

물론 잘했는지 묻는다면 잘 못했습니다.
그래서 말해 봅니다.

집으로 가는 길 놀이터에 2년째 파란 천막을 씌운 리어카가 있었습니다. 친구와 저는 저 안에 시체가 들어 있어도 이상할 게 없다고 했습니다. 그런데 3년째가 되자 그 안에서 시체가 나왔습니다.

짜잔!

호러블!

벌써 몇 년 전 이야기입니다. 그런데 어제처럼 생생합니다. 오늘처럼 놀랍습니다. 내일처럼 아직도 잘 모르겠습니다.

미안합니다.
저 때문에 1년을 더 계셨습니다.

누군가 장난을 치고 있다고 생각하게 됩니다. 이런 기억은 삶을 관객으로 살게 합니다.

기억을 의심할 수 있을 때까지.
기억만 의심하면 될 때까지.

4

그러나 영화관에서 나오니 밤이었다. 여름이었는데 봄이었다. a는 외투가 필요하다고 느꼈다. b는 어느 날 봤던

a의 외투가 인상적이었다. 거적때기였는데 몸에 걸치면 빈티지 소울이었다. 갖고 싶었지만 가질 수 없었다. 어디서 샀는지 물어볼 수가 없던 것이다. 그걸 입으려면 둘 중 하나는 없어져야 했다. 그때 a는 "겨우 이런 것 가지고 이렇게까지 생각한다고?" 하며 놀라워했다. 동시에 b는 "내가 이런 생각을 했다고?" 대답했지만 이미 늦은 일이었다.

아직 영화가 끝나지 않았고 a와 b는 비극적 결말을 맞이할 수밖에 없는 대본을 읽고 있었다.

— 한 번 보고 나면 세상은 이미 다른 세상이 아니라면 이해할 수 없도록 변해 있었다. 영화에서 영화를 보고 우는 주인공처럼 나도 모르게 주제보다 더 성공한 오브제가 되어 있는 것이다……. 무언가 이상해지고 있다는 예감과 돌이킬 수 없다는 불가능성이 목을 조여오기 시작한다. 정신을 차려 보면 그 손이 내 손이라는 게 이 영화의 가장 큰 흠이다…….

그들의 대본에서 같은 메모가 여러 번 발견되었다.

5

하지만 영화는 이제 정말 끝이 났고, 나는 커피를 한 잔 마시고 담배를 한 대 태운 뒤에 "네 안에 예술이 있다면 어디 꺼내 보렴!" 하는 화면 앞에 앉아 있다. 커피와 담배가 아니더라도 성공하면 무엇이든 성공적인 의식이 된다. 여러 문장이 나왔다가 사라진다. 예컨대 "아픈 시늉하지 마! 죽는 척하지 마! 아니 그렇다고 죽은 척도 하지 마!!!" 같은 문장들이다. 이것은 예시이므로 사라져야 할 테지만

그냥 놔두기로 한다.
저절로 잊혀 사라질 때까지.

6

이런 이야기도 제기된다.
모든 영화가 속편을 제작하는 것은 아니라는 사실이다.

> 가능하다면 과거의 내게 돌아가서 후회할 일을 미리 얘기해 주고 싶지만 알아듣지 못할 테니 이길 자신이 없다. 예를 들어 너는 학교에 구름무늬 스키니진을 입고 갈 거야. 몸에 붙는 티셔츠를 입고 다닐 거야. 라식 했다고 선글라스 쓴 채로 수업에 들어갔다가 엄청나게 혼날 거야. 그래서 372페이지짜리 매저키즘을 2페이지로 요약해 오라는 과제를 받게 될 거야. 그리고 몇 년 뒤엔 네가 사는 곳에 큰 비극이 일어날 거야.

너는 그대로면 내가 된다.
나의 사랑하는 후회.

나는 지금도 영원히 스포되고 싶다.

7

영화가 끝났는데 모두 떠나지 않고 있다. 영화가 끝났는데 아무도 말하지 않고 있다. 영화가 끝났는데 더 중요한 걸 기다리고 있다.

다 끝나야 돌아갈 수 있다.
아직 비유되기 이른 슬픔이 남아 있다.

배역은 어딘가에 가서 배역을 잊고 돌아온다.

다시 처음부터 해도 같을 것이지만

내게 미래가 조금 남아 있다.

꿈에게 반영될 현실이 필요해서
현실에게도 반영될 꿈이 필요했다.

8

우리는 모두 사람이고 스크린의 픽셀입니다. 우리가 많을수록 영화의 해상도가 높아집니다. 우리는 점이고 선이고 면입니다. 전능하신 감독님들 덕분에 이 세상에 등장하는 인물입니다.

이미지를 만드는 믿음에 우리 중 누가 처음 신이 되어 주셨습니까?

다만

이 모든 우리에게는 계기가 있습니다.

9

다음 영화가 시작될 때까지
영화관에서 영화가 나오지 않는다.

그럼 지금 여기를 뭐라고 불러야 할까?

다음 사람들이 올 때까지

이진 사람들이 흘리고 간 길 줍고 있나.

떠나서 돌아오지 않는 것을
돌아갔다고 믿는다.

빛과 재의 메소드

가을.

살아 움직이던 심장이 붉게 물들어 떨어진 자리에 자그마한 불씨 한 점.

작은 유리병에 담아
언제나 버거운 방을 밝혀 두었습니다.

벽에는 지난 계절에 말려 둔 잎을 걸어 두었고
아플 때마다 한번씩 찾아보게 되는 계절감이라고도 합니다.

그새 옷을 한 겹 더 껴입고 나와

"벌써 날이 많이도 추워졌어요."

말하던 기억은 만약이 사그라지는 동안 자주 부드럽게 말을 걸어왔지요.

"많이 춥지요? 환절기에는 감기에 걸리기 쉽다는데 말린 귤껍질로 끓인 차가 좋대요."

미숙한 마음이 계절이 바뀌기도 전에 불씨를 다 내어주고 밝고 어두운 방 순한 눈망울에 비치는 마음을 다 소등하면서

한 번의 꿈과
한 번의 현실을

반복하다 순서를 잊고 말았습니다.

불 꺼진 인간의 거리를 건너다 문득 멈추어 한번 울어보는 사슴이 고독이나 외로움 같은 인간의 말을 알 수는 없겠지만

그도 어제는 거리의 인간이었고
그보다 오래된 마음이 있었습니다.

잠깐 살고 오래 죽어 있는 삶을 살아 보느라
죽음 이후의 삶이란 말이 얼마나 긴 문장으로 해석되는지,

우리가 아픈 게 왜 병이 되는지,

우리의 사랑이 사랑하는 사람들에게 사랑만으로 되는 게 없다는 걸 어떻게 알려 주게 되는지.

무엇을 대입해도 다 맞다가 결국엔 다 틀려 버리는
이 부드러운 폭력의 방정식 안에서

우리는 하나였거나 아무도 아니었습니다.

이번의 삶을 포기한 사람과 다음의 삶도 포기할 수 없는 사람이 같은 자리에 모여 있습니다.

우리가 우리를 생각하는 만큼
우리가 우리일 수 있을까요.

> 불씨는 아직 타오르고

누군가 벽에 손톱으로 새겨 두고 간 외로움과 사랑의 미래를 향해 재가 날립니다.

여전히 서툰 사람도 익숙해지기 전에 끝이 날 것이고 그건 죽음 이후의 삶입니다.

영원히 살 수 있는 세계에서 우리가 가지고 온 단 하나의 불씨입니다.

우리는 재가 되어 밝은 어둠 속을 날아 흩어집니다.

정말로 오랫동안 사랑할 수 있겠어요?

눈을 감으면 우리의 빛이 보입니다.

노랗게 물든 손이 참 예쁘네요.

손을 잡으면

우리는 서로의 잠에 영원히 빠져 버리고 말 겁니다.

그저

기억해?
우리가 지나친

주말 저녁에도 잘 꺼내지지 않는
그러나 별것도 아닌

덜컥 겁이 나 눈 감아 버렸던 순간을

기억해.

서로를 이해해 버린 우리
날 선 이가 없고 손톱이 없고 그마저도 점점 약해지고
이를 갈아 내고 손톱을 깎으면서

예전으로 돌아가길 바라.

예전이란 무엇일까.

다 지난 꿈을 꾸고 현재에 최선을 다하며 미래를 후회

하기 위해

한 걸음 한 걸음
뒤로 나아갈 때
우리는 발견하게 되었지.

쇠락이 융성한 세계를.
망해서 흥해 버린 세계를.

네가 누워 있던 자리에 누워 웃고 울고 사랑하다 우리가 또 함께 여기를 지나와 버렸구나.

이제 이 모든 것이 기억이 되어 버렸구나.

지금부터 아름다운 건 모두 우리의 미래에 있어.
살아갈 날들에 건배하고 돌아와 누우면 남는 건 지독한 숙취뿐이고 이제

우리는 우리란 단어에서 내릴 수 없게 되어서

> 밤마다 만나 얼굴을 보고
시답잖은 이야기에 한참을 웃다가 또 웃다가 멈추면 세상도 멈추고

우리 여기 같이 사는데 우리는 왜 일인칭일까.
우리는 왜 한 사람일까.

우리는 왜 다른 생각을 하지 못하는 걸까.
그게 뭔지도 모르는 채로

아름다운 미래를 닮아 갑니다.
아름다운 미래를 지나고 누구나 혼자였던 과거를 지나 사랑이 보기에 예뻤던 시절에서

이제 책이 되어 읽어 버린 지금에서

생각하면 아무 일도
아무것도 아니면서 그저

프렌치 스쿨

고상 난 변기 때문에
아침마다 학교로 뛰어가면서 배웠다

물 대신 김빠진 맥주를 마시면서
시커멓게 부화한 계란을 보면서

계란을 잘 품으면 닭이 되고 닭이 되면 계란을 마음껏 먹을 수 있을 텐데

그게 고통이지 행복이겠니?
그게 고통이라고 네가 아프긴 하겠니?

시답잖은 농담을 던져 가며 시답잖은 시를 써 대며
배웠다 혁명과 역사와 그 뒤안길에서 걸어 나오는 동기의 슬픈 얼굴에서

사랑하지 않아도 닮아 가는 우리의 미래에 대해서 자주 열변을 토했지만
토해도 나오는 건 술과 안주 건더기들

아까워서 눈물이 다 난다

작은 자취방에 들어와 끓인 라면을 그대로 싱크대에 다 쏟아 버리며
이것이 반항이다
자랑스럽게 킥킥거리고 다음 날이면 기억이 안 나고

배수구에서 면발을 하나하나 건져 내면서
쥐가 우는 소리를 들었다

생각보다 귀여운 쥐
우리와 함께 살고 싶어 매일 찾아오는 쥐

자고 일어나면 구석구석 똥을 싸 놓고
우리는 똥을 참으며 학교로 뛰어가고

강의실에 앉아 배웠다
진부하고 상투적이다 천 번쯤 들으면 이상해지는 말
판서하는 교수님의 뒷모습과 정말 등 돌리고 싶었네

낮에는 학교에 밤에는 술집에 모여
햄릿처럼 손을 휘저으며 아모-흐 빠티! 운명을 사랑하라! 예술인이라도 된 듯이 소리치는 동안

우리는 자주 도망쳤다
그 광란이 프랑스혁명이라도 되는 양

죽은 선배들이 남기고 간 캠퍼스의 낭만 때문에
그렇다고 낭만주의는 아니고
우리는 그만 심심해져서 혼자 집에 들어가 강도가 든 척을 하거나 방범창을 뜯어 창문을 넘어 다니면서

만들 수 있는 위험만 감당해 내면서

배웠다
사랑은 없고 낭만만 가득하도록 쥐와 함께 잠들면서
나이 많은 형들의 성숙한 연애를 결혼하는 누나들의 불안한 얼굴로 이해하면서

그런데 우리는 왜 아직 남아 있을까
이제 아무도 없는데

모두가 지겹게 엄살떨던 시절이 아프지도 않게

……

이것은 삶에 대한 이야기도 죽음에 대한 이야기도 아니다.

다 알기도 전에 아는 것부터 잊어버리지 지난날처럼.

오늘날의 내가 지난날의 나를 알고 있다.

너는 나를 잊었고
나는 너를 못 잊어.

삶 — 지겨운 싸움을 질질 끌어가면서. 네가 포기하지 않아서 내가 포기해야 끝나는 싸움에 질질 끌려가면서. 그래서 여기까지 왔네. 이러면 아플까 조금씩 어미를 물어 보는 강아지들처럼.

무서워.
오늘날의 내가 너보다 먼저 죽을까 봐.

벤치에 앉아 주보를 나눠 주는 노인들처럼 다 죽어 가는 얼굴로 그분은 좋은 분이라고 말하게 될까 봐.

> 곰팡이 핀 빵과 오래된 책상에서 발견되는 성흔은 우리가 배운 신의 얼굴을 닮았는데.

우리의 종교가 자살을 기도한 적이 있었나.

다른 신을 위해 제물로 태어나는 신이 있고 사람들은 그 신을 가장 사랑했다.

너도 죽고 싶었겠지.
내 생일이 좋았던 이유는 네가 말을 걸어 주는 날이기 때문이야.

어린 소년이 말한다.

그땐 무엇도 비춰 본 적 없는 거울처럼 두려웠지.
방금 쌓인 눈처럼 이제는 더러울 일만 남았으니까.

누군가 살다 간 자리에서 새로운 삶을 꿈꾸지만
그것은 우리가 꿈꾸는 삶의 최대일 뿐이니까.

또 어느 날의 삶은 너무 달콤해서 잠들지 않고 눈만 감으면 안 될까? 꿈 말고 상상으로는 안 될까? 그때 내가 잠들지만 않았더라면

우리는 지금 뭐라도 찾았을까?

우리는 같은 병에 걸렸을 때나 서로 이해하겠지.

반복하다 보면 나아질 거라고 배웠어.

코끼리를 반복하다 보면 코끼리보다 나아지고. 침팬지를 반복하다 보면 침팬지보다 나아지고.

어린 코끼리는 엄마 코끼리를 어린 침팬지는 엄마 침팬지를 반복한다.

반복되는 병탄.

실패는 성공의 어머니.

그리고 성공의 실패한 어머니.

> 내게 아무것도 바라는 게 없는 당신에게 내가 먼저 바라고 싶습니다. 당신이 어두운 물로 세수를 할 때 나는 당신이 아프지 않기를 바랍니다.

그런데 삶은 물처럼 흐르지 않고 물처럼 고여서 썩어 버린다는 거

알아?

하나의 비유가 더 이상 비유가 아니게 될 때까지.
대가리를 들이밀고 경멸하고 비웃고 얼굴에 침을 뱉을 때까지.

삶은 네가 살았고
나는 너를 살았지.

이렇듯 기억은 고통이고 삶은 진통제.

마치 내 것이 아니었던 양.

누구의 것도 아니었다가 애조부터 당신의 것이었던 양.

그 양이 자꾸 메에메에…… 우는데

배가 고플 때도 울고 오줌이 마려울 때도 울고 아플 때도 울고 슬플 때도 울고 죽고 싶을 때도 울고 똑같이 자꾸 메에메에…… 우는데 나도 메에메에…… 울 수 있지만 그게 양의 말로 굶으라는 뜻이면 어떡해 오줌 지려 버리라는 뜻이면 어떡해 아파도 참으라는 뜻이면 슬퍼도 참으라는 뜻이면 죽고 싶을 땐 죽어 버리라는 뜻이면

그땐 정말 어떡해.

그럼에도 여기에 다가올 미래가 있다.

죽음 — 뼈는 살에 매몰되었다.
사랑 — 혼자의 일을 둘이 나누다 혼자서는 아무것도 못 하게 되는 병.

(낳지마자라지마나를키우지마제발)

사랑을 자식이나 애완견의 이름으로 붙여 놓으면 죽은 사랑을 보게 되거나 사랑을 남기고 죽을 수도 있다.

사랑이 도리도리를 하고 잼잼을 하고 까꿍 하면 웃고 꼬리를 흔들고 왕왕 짖고 기어 다니고 자라서 말을 하고 자꾸 말을 걸고 낮에도 밤에도 시도 때도 없이 마치 이것이 사랑이라는 듯이 어버이날에 태어나 불행한 어린이처럼……

메에

조용히 해.
(너는 안다.)
조용히 해.
(너는 모른다.)

카프카는 카프리나 카프리썬.
하루키는 토끼의 친구.
쿤데라는 쿠데타를 사랑해.

그럴 수도 있을 뿐.

다시 피를 보자고 너를 부르는 흉터.
어제의 숙취에 다시 취해 가는 세계.

저 미래에서 단 하나의 빛이 오고 있다.

허밍 댄스

여기부터 이미지. 기상 기계는 관할하는 세상에 1년 내내 눈이 내리도록 설정한 뒤 조정자를 바라본다.

이런 오류는 이전에 보고된 적이 없다.

설계자는 매뉴얼을 꺼내 눈밭에 내려놓는다. 반사되는 빛이 얼굴을 태우고 있다.

첫 번째 장은 기계의 품명을 다룬다. 두 번째 장은 부품의 세목과 조립을 다룬다. 세 번째 장은 애프터서비스를 다룬다.

여기가 서비스의 센터가 된다.

여기에서 출발해 여기로 돌아오는 것이 현실을 횡단하는 최단거리가 된다.

— 이것은 불가피한 사랑!

— Oh, It's an inevitable love!

기상 기계가 OST를 틀어 놓고 춤을 추고 있다.

출구가 안에 있나. 들어가지 못한 이미지들이 분해되고 있다. 주인이 사라지면 발자국들이 떠난다.

이를 뒤집은 문장은 반대에 부딪혀 다시 조립된다.

드라이버가 돌아가듯이.
그들 사이를 막은 문과는 관계가 없듯이.

잠가 둔 문을 돌리는 소리가 들린다.
이것은 무한히 반복되며 리듬을 만든다. 정말 무한히 돌리고 나면 문은 열리겠지만 이 씬은 그 전에 끝난다.

그렇다면 다시 처음으로 돌아가 보자.
어딘가에 갔다가 밤늦게 차를 타고 돌아오는 길이다.

조수석에 탄 돼지가 말한다.
"여보. 창밖을 좀 보오. 반딧불이 이렇게나 많아."

그러자 운전석에 탄 사람이 대답한다.

"여보. 그건 그냥 날벌레야. 아무래도 내일은 세차를 해야겠네."

돼지는 대답이 못마땅한 듯 흘깃 쳐다보다가 그의 통명스러움에도 느껴지고 마는 사랑을 못 이기겠다는 표정으로 창을 열고 손을 내민다.

그러고는 기어코 날아다니는 것을 잡아 사람에게 보여준다.

"봐! 내 말이 맞지?"

이것은 그들에게 일어날 사고를 암시한다.
운명을 깨달은 사람의 경악하는 얼굴을 본 돼지는 함께 사색이 된다.

돼지의 손을 바라보는 세 얼굴이 점점 밝아지다 하얗게 지워진다.

차 문을 거칠게 반복해 잡아당기는 소리. 사이렌 소리. 구조대의 웅성거리는 소리.

(암전)

Progressing……

.

.

(Please Wait)

.

.

…… 100%

그 셋은 백업되어 다시 기상 기계, 조정자, 설계자로 업로드된다.

그것이 이 이야기의 배경이다.

그렇다면 셋은 각각 무엇이 되었을까.

이 모든 내용은 실화를 바탕으로 한다는 문장이 처음에 삽입되어 있다면

도무지 진짜 같지 않다고 해서
중간에 일어나 나가 버릴 수 있을까?

물론 이 모든 것의 제목은 '불가피한 사랑'이 아니다.

이미지

가뭄에 붉게 피는 꽃
청혼하는 소년과 도망치는 소녀

세상이 붉게 물들고
땅에서 피가 오르는 분수대

길고양이의 엉덩이를 두드리는 위로
나무에 거꾸로 매달려 자라는 열매들

반으로 쪼개서
나눠 가지면

땅에는 까맣게 말라죽은 신들

앵무새 카페

어깨에 앵무새를 올려 두었을 뿐인데
누군가 와서 잃어버린 새를 돌려 달라고 한다.

아주 오래전에 잃어버려서
새는 자기를 기억하지도 못하겠지만
잃어버린 바로 그 앵무새라고.

어떻게 해야 할까.
이 병아리만큼 자그맣고 말도 잘 못하는 앵무새를.

온갖 꽃과 나무가 햇빛을 따라 기울어 가는 베란다에
난로도 켜 두고 놀이터도 만들어 두고
작은 숲에서 정성으로 키운

이 파랗고 작은 새를

보세요. 깃이 상했어요. 부리에 스크래치가 났잖아요. 감기에 걸려서 숨소리가 가릉거리잖아요. 단백질 섭취는 제대로 하고 있나요? 씨앗만 먹이지 말고 과일도 야채도

다 먹였어야죠.

이런 거 다 아세요?
볼 줄은 알고 계신 거예요?

이 앵무새는 스페인에선 유해조수로 분류됩니다. 죽이면 포상금을 준대요.

저는 좋은 일하는 사람입니다.

나는 그저 앵무새를 어깨에 올려 뒀을 뿐인데.
아직 집에 가기에는 이른 시간인데.

그런데 여기는 앵무새가 왜 한 마리밖에 없어요?

카페 문을 열고 들어온 앵무새가
정말 잃어버린 줄 알았다고 나를 붙잡고 운다.

평화의 중단

티브이에 전 대통령의 추도식이 나온다
북한에 기자들이 모여 있다

조선이 맺은 협약이 아직도 간다

평양에서 온 아버지는 북한을 믿지 못한다
서울에서 태어난 어머니는 시댁에서 북한을 이해했다

여기에도 평양의 맛이 있다

나는 이북식 음식이 싫었다
모여 앉아서 찢어 먹는 빈대떡과 꿩으로 빚은 만두와 냉면과 달려 나오는 기억들이

잘린 사슴 목과 꿩과 호랑이 가죽과 곰 머리가 거실 벽에 매달려 만들어 내는 방부적인 시대들이

젊을 적 총을 잘 쐈고
젊을 적 한강에서 투망 실력이 남한 제일이었고

삶을 적 종로경찰서장과 친하고 시다소니와 친하고 집에 티브이도 전화도 있었다는

효자동 살 적의 이야기가

공산주의를 피해서
민주주의와 자본주의가 꽃피는 남한

노원 요양병원에서 죽은 할아버지가
어머니에게 쥐여 준 쪽지에 쓰여 있던

좀로ㄱ ㅕㅇ찰ㅅㅓ장을 부ㄹ러 다오

어머니는 그 쪽지를 아직도 가지고 있다

저 대통령은 생전에 빨갱이랬는데
저 대통령이 다 말아먹었다는데

사람들은 아직도 자꾸 울고

나도 시를 써 보려고 앉으면 하필 4시 16분이라

슬픔에 길들여진다

육수에는 겨자나 식초를 뿌리지 말고 그냥 먹거나 면에만 살짝 식초를 뿌려 먹어야

진짜
평양냉면이다

이걸 잘 먹는 사람이 힙스터다

그런데 평양에서 온 아버지는 평양냉면 육수 한 모금 마시고는 겨자랑 식초부터 찾았다

멀다고 하면 안 되갔는 평양에서 온 옥류관 직원들도
사람들 냉면 그릇에 겨자랑 식초를 마구 뿌려 댔다

저것은 잘못된 평양이야

평양은 저래선 안 돼

이제 평양의 전통은 서울에 있어

우리 마음속의 평양
그곳은 슴슴하고 먹어 보면 중독되는 도시

이런데도

아직 평화가 오지 않았다

조선의 교민들이 이제
더는 바랄 것 없이 건강하자고 말하는 동안에도

평화는 오지 않고

할머니가 먼저 치매에 걸려 점점 기억을 다 잃어 갈 때에도
그 길을 따라 할아버지까지 떠날 때도

> 평화는 오지 않았다

사랑은 여기서 더 멀리 간다

아버지는 관성에서 전력으로 비켜선다

우리는 이제 서울을 떠나
효자동에는 죽은 시인의 시를 낭독할 때나 가 보게 되지만

서울에는 냉면이 있고 낭독이 있고 젊음이 있고 잃어버린 기억이 있고 조선의 고궁이 있는데

내 할아버지와 할머니는 왜 파주 동화경모공원에 묻혀 있을까

역사는 한 치 앞도 알 수 없네요

낮에는 평화가 있다가
밤에는 평화가 취소되고

아버지는 그릴 줄 알았다는데

내일까지는 평화일 줄 알았지만
그래도 내일 낮에는 면접을 보고 저녁에는 새 시인의 등장을 축하하러 서울로 가야지

이번에 놓친 기회는 역사적으로 정말 슬픈 장면이 될 것. 마음 변하면 주저 말고 전화, 편지하라

누구의 손에 쥐여 줄 것인가
버리지도 못할 미안함을

답장을 쓰기 전에

실패를 논의하는 회담장 속으로
평화의 중단 속으로

삼대째 세습되는 김 씨의 평화가 의견을 같이한다

이스트 월드

우리가 영원히 살게 되었다고 믿었다

잊어버리면
다시 올 기쁨을 기다리면서

이야기를 만들었다
그것은 우리가 태어나기도 전의 이야기

우리를 먹이고 재우면 어느 날
우리를 닮은 아이들이 굴 가득 우글거리다 하나씩 떠나 사라지고

해골의 텅 빈 구멍들처럼
어제는 열렬했던 도면이 되어

참고가 되었다

도시에 대한 계획과
구획에 속하지 못한 구역에서 더 많은 미래들이 태어나

는 것에 대해

아버지도 어머니도
그들의 부모와 조부모도 모두 태어나지 않은 세상

평행한 세계들로 이루어진 다면체가 굴러가다가 멈춘 자리

쓰레기를 줍고 빈다
쓰레기를 줍고 빈다

그들이 태어나는 날에 또 다른 이야기가 필요해
우리를 찾게 되기를

개처럼 뛰어 보고 고양이처럼 울어 보고 새처럼 날기도 했다가 뱀처럼 기어 보다가

그들의 사랑은 가까운 동산에서 시작하지만
그곳에도 종이컵과 술을 들고 성묘를 하러 오는 사람들

이 있고

그들은 그들끼리 닮았다

우리보다 약해서
우리보다 먼저 멸종한 신이 있어

잠들지 않는 개의 목덜미를 하염없이 쓰다듬다가
네가 죽는 것이 우리 모두가 편하겠구나 그러나

내가 먼저 죽어 눈을 뜨고 마는 것
내 차가운 볼을 하염없이 핥아 대는 네가 무섭고 슬퍼지고 마는 것

그것은 생물이었고 이제 무생물인 것

나를 이불로 쓰렴
추위가 가시고 나면 고기로 쓰렴

귓가에 대고 속삭이기를
네가 그 유혹에 넘어가기를

더 나은 사람이 되어 우리를 더 나은 곳으로 데려가기를

우리가 그들을 교육한 대로
그들이 우리를 만들었다

믿는 만큼

믿음 받는다

웨스트 엔드

비인간.

부질없는 찬란.

쓰러지고 싶은 몸을 붙드는 잔인.

감각보다 중요한 감.

불행하지 않다는 끈질긴 집착.

외투와 기억.

지하의 숙취.

이 땅에 꽃 피우는 어둠.

누구도 흘려 본 적 없는 피.

누구의 고통에도 내어 주지 않는 향기. 제 향에 질식해 죽는 꽃.

너른 들판에 널려 있는 무용.

죽음의 속옷 같은 삶 같은 무언가.

화려할수록 촌스러워지는 거리.

소리를 지르지 않는 고결한 인간.

이데아를 아이디어로 읽고 실실 웃는 비루.

그것은 아무것.

아무것은 아무것도 아닌 것.

아프기 전으로 돌아가는 건강.

연대하는 과거.

사람에게 목줄을 맨 말뚝. 최선을 다해 그리는 원. 중심을 향해 점점 작아지는 원.

과녁. 파문. 나이테. 지문. 자성.

풀리는 다리. 처지는 어깨.

볼품없는 늙음.

시간 한가운데로의 도피.

사람 안에서의 해방.

> 무의미.

이교의 배임.
타생의 방종.

인간이 사라진 동물원에 초식하는 동물 한 쌍.
어찌할 수 없는 서로를 죽도록 원망하고 저주.

거짓의 진심.
진심의 거짓.

모두 무너뜨릴 때까지.

인간.

브로콜리

"두려움을 극복하려면 두려움을 피하지 말고 정면으로 맞서서 이겨 내야 합니다."

너는 브로콜리와 마주 앉아 정면으로 맞서고 있다.

너는 당연히 콜리플라워도 두려워하고,
브로콜리너마저에서 브로콜리 빼고 듣는 법을 생각하고,

보더콜리라고 하면

귀엽지.

그러나 보더콜리가 등에 진 브로콜리는 싫고, 브리콜라주도, 브로콜리를 잘못 쓴 보리꼬리도 다……

그러나 너는 항상 브로콜리를 권유받고 마는 것이다.

살짝 데쳐서 초장에 찍어 먹거나
이런저런 야채들과 함께 볶아 먹거나

> 맛있습니다.
다크서클도 있으시네요.

드셔야 합니다.
브로콜리.

"네가 브콜로리의 심연을 들여다보는 동안 보더콜리도 네 심연을 들여다본다."

그러나 브로콜리는 그런 것이다.

네가 브로콜리를 두려워하는 것으로 말미암아 가로되 아버지 어머니시여 정녕 이를 먹으리이까 하니 이는 부름이라 응답하여 이르시되 어찌하여 네가 몽매하여 묻느냐 이는 천국의 나무라 의인으로 인도하여 영생을 얻으리라.

네가 브로콜리를 먹었어야 했는데.
네가 브로콜리만 먹었으면 다 되는 일이었는데.

너 하나 먹여 보자고 우리가 이러고 있어서 되겠니?

너는 이제 자리에서 일어나 브로콜리를 물고

브로콜리의 숲에서
브로콜리의 숲으로

간다.

기억의 책

기억공동보관소

"기억나는 줄 알았는데 기억이 아니었어요."

"이렇게 어린 경우는 많지 않지만 처음은 아니란다. 그래서 우리가 있는 거야. 우리는 하나의 기억을 여러 사람의 기억을 통해 객관적으로 판단한단다. 종이에 이름과 내용을 쓰고 가렴."

"그러면 어떻게 되나요?"

"기억의 주인에게 돌아가야지."

기억공동보관소의 성장

그는 시인이란 역할에 너무 심취한 나머지 이것이 모두 영화의 한 장면이며 촬영이 끝나면 일상으로 돌아가야 한다는 걸 납득하지 못했다. 그의 일상은 너무도 쉽게 파괴

되었고, 파괴는 창조의 어머니이기 때문에 창소는 어머니를 미워하면서도 떠나지 못했다. 그의 파괴는 주로 술에 취해 있었기에 창조는 배역을 미워하되 사람은 미워하지 않았다.

그러나 공동기억보관소의 감정 결과 원래 그런 놈으로 판명되었다.

이 기억은 아무도 찾아가지 않아서 임시보관소에 잠시 보관되었다가 모두 소각되었다.

공동기억보관소

얼마 가지 않아 상상도 기억의 일부가 될 수 있다는 의견이 제시됐다. 상상은 현실을 기반으로 형성된다는 것이 첫 번째 이유였고, 상상을 하는 동안에도 이 세계의 시간은 멈추지 않고 흘러가기에 이것을 경험으로 보는 것이 마땅하다는 게 두 번째 이유였다.

그러나 공동기억보관소는 아무도 예상치 못한 세 번째 이유로 건립되었다.

갑작스러운 소행성 충돌로 지구 인구의 절반이 사라진 것이었다. 남겨진 사람들은 혼자서 감당하기 어려운 슬픔을 공동기억보관소에 위탁했고, 사라진 사람들을 기억하기엔 아무래도 기억의 조각을 나눠 갖는 게 더욱 안전했기 때문이었다.

공동기억보관소의 성장

사람들은 기억을 비축했다. 처음에는 슬픈 기억이 압도적이었다. 하지만 곧 각자의 삶에서 기쁨을 발견해 냈고, 작은 기쁨을 크게 느낄 수 있도록 매사에 감사하는 마음을 가지기 시작했다.

공동기억보관소의 성장세는 대단했다. 기억의 균형이 맞춰진 후로는 기쁨 뒤의 슬픔을 두려워하거나 슬픔 뒤의 기쁨을 기대하지 않아도 되었다. 이를 비판하며 인간성의 상실을 주장하던 회의론자들도 각자의 슬픔 앞에서는 무력했고, 결국 인간성의 회복으로 논지를 개편하게 되었다.

공동기억보관소가 기억하는 기억공동보관소의 마지막

공동기억보관소의 책임관리자 A씨는 기억공동보관소의 마지막을 이렇게 회고한다.

"기억이 더 이상 중요하지 않게 된 것입니다. 모두가 같은 기억을 공유하는 지구는 하나의 거대한 공동체였습니다. 그러니까 한 사람의 기억이라는 건 수십억 개의 CCTV가 함께 본 것이 되었고, 사람들은 자기가 본 걸 믿지 못했죠."

기억공동보관소는 얼마 가지 못하고 문을 닫았다.

> **미래의 탄생**

내가 태어난 건 그다음이었다. 누구나 서로의 기억에 빚을 지고 있었으므로 부모는 낳는 업무만 담당했을 뿐, 양육권은 가장 거대한 기억의 주인에게 있었다. 나는 새로운 기억의 가능성이자 조금씩 매몰되는 기억의 생존자였다.

살아 있다는 기분이 들지 않으면 죽은 것이었다. 다른 사람들의 기억을 학습하는 건 채무를 쌓는 것과 같았다. 기억의 총체는 인간의 형상을 하고 있었고, 기억으로 점점 거대해졌다. 그 작업은 조소에 가까워서 어느 한 부위에 기억이 쌓이면 다른 부위의 균형이 어긋나곤 했다.

사람들은 인간을 닮은 하나의 기억을 공동 양육하는 이 작업을 기억의 주인이라고 불렀다.

그리고

이 이야기는 끝까지 쓸 필요가 없다.

누구나의 삶에서 자신이 주인공인 경우는 거의 없기 때문이다.

어느의 날

어느의 날이다.
축하할 일이 되었다.

작년 시험 문제가 뭐였지?
정답이 발표되기 전에 우리는 모두 귀를 막고 동산에 올랐다.

여기는 옛날에 건설 부지였어. 사람도 많이 죽었어. 죽다 산 사람도 이제는 다 죽었어.

너는 지금 누구랑 얘기하고 있어.

정말 오래간만이라 알아볼 수가 없다. 손을 줘도 손을 내밀지 않는다. 이것은 정말 옛날의 이야기라

네가 나를 물고 있다.
우리는 부정되고 있다. 이렇게 오랜 시간이 지났는데도

바뀌지 않는 건 네가 언젠가 나를 매일 입고 다녔다는

사실.

너와 내가 같이 사진을 찍었다는 사실.

그러나 너도 그러다 죽었고
나도 이러다 죽어서
같은 시험의 지문이 되었다는 게 너무 불공평해.

우리는 동산에서 같이 썰매도 탔는데.
우리는 동산에서 같이 둘러앉아 수건돌리기도 하고 열심히 할 생각 없이 뭐든 열심히 하게 되어

땀으로 얼굴이 반짝이다가
반짝이는 건 땀이 아니라 빛이라는 걸

알아맞히는 게 우리가 보기로 한 시험의 전부였는데.

우리 중 하나가 손을 높이 들면 모두가 동산 너머를 바라봐. 어느가 너희를 찾아 동산으로 올 때까지.

> 너도
너도
너도
다 네가 특별하다고 믿지?

보라고 한 건 높이 들린 내 손이었는데.

손끝에서 반짝이는 물.
우리의 얼굴이 하나씩 갇혔다가 흘러내릴 때.

정말 모두 목이 떨어진 채로
서로를 바라보면서

어느는 우리의 몸을 마지막으로 씻겨 주는 선생님이다.

경험 일기

어느 날 나는 커다랗고 아름다운 마을에 가게 됩니다.

이제 막 짓기 시작하는 마을.
가족들, 친구들, 친척들, 지인들 모두 이 마을에 배정을 받아 어색함이 없어요.

그들끼리 낯을 가린다는 것만 빼면 모든 게 행복해.

저녁까지 함께 살 집을 짓고 마당을 가꾸고 울타리는 만들지 않고
저녁부터는 어서 친해지라고 모두 모여 한밤중까지 게임을 하고

모닥불을 피우고 묵은 이야기를 다 풀어놓으면서
나는 불을 보는 것보다 여러분들 눈에 비치는 빛을 보는 게 더 좋아요.

하나하나 눈을 마주치다 보면 모두가 행복해지는데

점점 두려워져.

왜 내게는 아무도 말을 걸지 않을까.

네가 모르는데 우리가 그걸 어떻게 알겠어요.

다 지어 놓은 건물이 무너지잖아.

차가운 물이 마을에 쏟아지잖아.

필요한 물건이라도 어서 꺼내 오세요 소리쳐도 아무도 움직이지 않고

나를 씻기는 건가 봐.

땅에 묻는 건가 봐.

사람들이 나를 둘러싸고 슬퍼하는 건가 봐.

필요한 게 없는가 봐.

그래서

사랑해.

사랑한다는 게 아니라 사랑하라는 뜻이야.

무엇이든 무엇이듯*

The sadness is shining
In undiscovered face

Don't look

Won't be able to leave in the warm

Your parents, Your brothers and sisters,
Your friends and neighbors, Your lover and pet,

Future you've learned from them

Gonna believe in love to appease all

It's the first time
Have never believed so easily

Weird
And too hot

> Open eyes and toss around

Even lie in bed without a dummy

You just stayed for a while

But when you close your eyes

It is summer

* 한국어로 쓴 시를 읽을 땐 왜 사전을 찾지 않나요?

드림 랜드

악몽을 꿨다고 네가
내게 꿈 이야기를 한다

누가 죽었고 누가 살았고 피가 났고
누군가 계속 따라와 목을 졸랐는데

깨어나니 다 끝나더라

너는 여전히 조금 무섭고
너의 일부는 아직 꿈속에 있는 것 같고

생각하지 않으려 해도
생각이 났는데

이상하지
방금까지 하던 이야기가
더 이상 기억나지 않아

그것이 나를 알고 있다

깨어나면 모두 끝나고 만다

비유 없이 사랑하기

깨진 유리잔에 물을 담아 두는 스테인드글라스. 색과 무늬를 중심으로 해석하는 빛의 물질. 녹지 않는 얼음은 뜨거운 것의 이미지. 열려 있는 소파의 센티멘털이 숨겨 둔 접시와 포크. 창가가 숨기지 않는 추락. 가장 높은 곳에 이름을 올려 두는 샐러드. 붉게 동그라미를 쳐 둔 봉투에 남은 아침과 점심. 서랍마다 가득 찬 이미지의 리스트. 끝에 가서 폭탄이 되는 폭죽. 멀리서 바라볼수록 커지는 원근법. 무안측에 칼을 넣어 뼈를 퉁기는 실내악. 인간의 소규모 사랑. 암전 사이사이 소리를 지르고 주저앉아 절망하는 인간이 그려진 회화. 이전이 없는 세계. 예정한 것을 이루는 법칙. 노크하는 붉은 무리. 젖지 않는 점묘화. 멀리서 보면 사람인 것. 가까이서 보면 그려지고 있는 것. 동굴을 그리고 그 안에 동물과 식물을 데려다주는 것. 개체가 종을 대표하는 멸종. 뼈도 남기지 않는 사랑. 정체 중인 터널. 오차 범위 안에 있는 몸. 슬프고 뜨거운 것의 이미지 되어 주기. 입안에서 끓는 모래를 뱉지 않고 견디기. 올리브 나무와 해변의 사랑. 난반사되어 상이 다른 거울을 마주하게 될 확률. 좁힐수록 멀어지는 거리의 건축. 잡히는 물성을 가져서 슬픈 손. 차에서 향이 모두 날아갈 때까시 창가를 바라보는 사람. 맨발에 꼭 맞는 양말. 키를 재는 선분. 씹지 않아도 삼킬 수 있는 유리. 아름다운 가족. 비워 두는 이미지. 다음에 하는 사랑.

날도 푹한데 나가서 좀 걷고 들어오지?

—

울다가도 웃긴 생각이 들면 웃게 된다

이미지 게임

참가자가 모두 모이는 건 드문 일이나.

그러나 빈자리를 세면 몇 명이 모였는지 쉽게 알 수 있으니 좋은 일이다.

여기까지가 이미지의 역할이고

여기부터는 우리가 세워 둔 손가락이 말한다.

투명한 몸에 불투명한 몸이 겹쳐진다.

긴 긴 밤을 지나 눈을 뜬 손가락들은 처음 보게 된 게 서로여서 싫었다.

벗어 둔 장갑이 끝도 없이 쌓여 산을 이룬다.

이 모든 게 비유이기 위해서는 저 산을 치워야 한다.

그러면 누군가는 영원히 슬프게 될 것이고

해 질 때가 되면 산 너머에 거대한 손 그림자가 드리운다.

어둠이 끝나고 빛이 시작되는 곳에서

구원의 목소리가 들려온다.

'선착순…… 다섯 명…….'

우리 지금 뭘 보고 있는 거지?

내민 손이 떨리는 어깨에 닿지 못하고 다시 돌아올 때까지
세상은 한 바퀴를 돌아 다시 정면.

다시 눈을 떴을 때
버려졌다는 걸 알았어.

비현실이 잘 반영된 현실 안에서
꿈같은 현실이 이어져 하늘을 날고 괴물과 싸우고 죽은 사람을 되살리고

오픈된 월드의 끝에서 다음의 세계로 진입할 때.
영원히 죽지 않아도 된다는 기쁨과 내가 주인공이 아니

라는 슬픔과

그것이 다시 기쁨이 되는 동안

타오르는 장작이 그려 내는 얼굴 사이에서
일렁이는 파도의 빛과

살아 있는 것 죽어 있는 것 모두
창틀에 까맣게 쌓여 있는 버그를 쓸어 내는 것.

손가락마다 안경을 그리거나 수염을 그린 사람도 있다.
신발 속 발가락을 꼼지락거리는 사람도 있다.

거의 꺼져 가는 광원 앞에서
그렇게 생각한다고 말하지 못했다.

버그 월드

그런 일이 있었어.

언젠가 살려 준 벌레가 거대하게 장성해서 찾아와
큰 집게발로 나를 꼭 안아 들고

“전에 나를 살려 줬으니 지금 나도 너를 살려 주겠다.”

혹시나 알 수 없는 미래를 위해
살릴 수 있을 때

죽여라.

버그가 너를 다시 찾아온다.

A: 들려?

B: 물 샌다.

A: 잠그러 가야지.

B: 그러면 잠이 다시 안 올 것 같아.

C: 이런 생각을 왜 하게 되는 거지?

A: 생각이 난 거야?

B: 생각이 든 거야.

A: 그게 중요해?

B: 그럼 뭐가 중요해?

C: 지금 물 새고 있는 게 중요하지!

A: 일어나서 잠그러 가!

B: 내가?

C: 그럼 내가 가?

A: 난 잠귀 어두워서 괜찮아.

B: 그래? 그럼 나도 괜찮아.

A: 똑! 똑! 똑!

B: 똑! 똑! 똑!

침대에는 처음부터 C만 누워 있지만,

A와 B는 자기들도 같이 누워 있는 줄 안다.

그래서 세상이 생겼나.

옆에서 보면 움푹하고
위에서 보면 동그랗다.

끝없이 물이 새는
수도꼭지 밑을 받치고 있다.

시집

오래된 사진을 보았고 그것은 오래된 꿈속이었다
웃는 동안에는 언제 웃음이 그칠지 모르지

마침 눈이 내려서 그것은 아마 첫눈이어서
노인들은 자식이 키우던 늙은 개를 데리고 눈을 맞고

이 눈은 한 세기 동안 내리고 있어서
포근한 눈이 온 세상을 다 얼어 죽도록 덮어 주는데

이 감각은 무엇일까
직전의 고요가 직후로 이어져서

아무것도 들을 수 없는 채로
아무것도 말할 수 없는 채로

다들 무언가 말하고 있다
이것은 재해구나 저것은 안 좋은 꿈이구나

모두가 잠시 영혼을 돌려받았구나

힘께 미래를 보고
서로 상관없는 사람이 되기로 최선을 다하는

지금 여기 사랑하는 사람들이
다 잃어버린 사람들과

기다린다

멀리서부터 눈이 그치면

오래전에 일어날 일이 일어나기로 했다

오리의 왕

낮과 밤이 사실 이어지지 않는 개체의 연속이라면
그렇게 생각을 하기로 다짐한 네가 하루를 못 지키고 다른 궁금증에 빠져

하천의 오리들은 왜 얼어 죽지 않는 걸까
물속으로 들어갔다가 털도 말리지 않아

그런 건 문학적 상상력이 아니라 추적과 관찰이 알려 주는 거야

오리들은 쉽게 사랑에 빠져

초라할수록 보여 줄 게 많아
아직 보여 주지 못한 것이 이만큼이나 많아

오늘은 이만큼 내일은 저만큼 그러고도 우리에겐 아직 남은 게 많지

지금 우리가 아니라 오리 얘기를 하는 거야

그리니까 이긴 사랑 없는 사랑의 시

부리가 오리의 전부는 아니지만 부리로 구별되는 우리의 시

아침에 일어나 집을 나설 때 당신을 돌려세우는 손이 있습니다
그건 당신의 손입니다

그럼 손이 세 개인가요?
네 개여도 좋아요

오리에게는 손이 없어요

우리에게 필요하지 않은 건 그보다 많아도 좋습니다

필요 없는 것을 모아서
필요한 것과 바꿀 수만 있다면

부끄러워 눈을 못 마주치겠다고 말하면서
눈을 마주칠 때

그간의 꿈과 아름다웠던 미래의 축약이 스쳐 지나가고

사랑은 모두가 잠들었을 때에도 잠들지 않고 밤을 새우며 가진 모든 것에 이름을 붙여 준다

그 말 내가 들은 것으로 할게요
우리에게 시간이 많았다면 그 말도 하고 말았을 테니까

우리는 주머니가 되어 예쁜 걸 하나씩 뱉어 내고
비어 갈수록 주름이 지는 긴 목을 가만히 매만지며 바라보다가

알게 되었다
우리가 본 건

얼어 죽지 않은 오리구나

> 우리가 영원히 식지 않을 수만 있다면
불 지핀 오두막에 저 오리들을 모두 안고 들어와 몸을
녹여 줄 텐데

그러니까 이건 사랑 없는 사랑의 시

부리가 오리의 전부는 아니지만
부리로 구별되는 우리의 시

오리 얘기가 아니라 우리 얘기를 하는 거야

부리가 없는 오리

우리의 곁으로
사랑의 이미지가 온다

오리의 왕이 오고 있다

애프터 더 월드

α

“너는 축제에서 사랑하는 사람의 손을 놓쳐 버렸고, 축제가 끝나도록 찾아 헤매다가 혼자 집에 돌아오게 되었지.

그런데 그때 사랑하는 사람이 집에 돌아오고 마는 거야.

너는 이제

그 사람을 영영 잃어버리게 되었다는 뜻이야.”

β

하나를 나눠 가져서 마음이겠니.
서로를 나눠 가져서 마음이겠니.

마음을 찾으려면 마음을 포함한 전체를 스캔해야 하며, 그 과정이 마무리되면 마음은

> "마음을 찾지 못했습니다."

한다.

너의 하위 항목들이 너를 구성한다. 너의 기억들이 너를 운영한다.

하지만 너는 네가 누구인지조차도 모르는구나.

"네가 잃어버린 것이 너를 찾는다. 너를 찾아낼 때까지 멈추지 않을 것이다."

γ

마음은 무거운 물질이다.

현실을 사실화된 애니메이트라고 한다면 이 모든 건 형상화 작업이며 미래가 구상한 과거의 조감도라고 할 수 있다.

> 그래서

세상이 점점 좋아지고 있어. 점점 할 말 없는 시간이 길어지고 있으니까.

현실의 중력이 다음 차원을 끌어당기니까.

관성은 나의 좌표와 만난다. 오랜 뒤에 살게 될 집에서 나를 기다리고 있다.

그것이 나의 원인이 된다.

"만질 수 없는 게 마음이었는데, 가만히 보니 지문이 묻어 있었다."

발명될 것인가,
발견될 것인가.

너는 지금 선택을 한다.

인지 범위의 확장을 꾀한다.

제3의 선택지를 찾는다.

구체화된 추상에서
일생을 컬트적인 도시 관광이라고 믿는 인공적인 시니컬에서

아직 기술이 부족하여 발전을 기다리고 있다.

네가 내미는 것이 너를 대변한다.
너희가 보는 것이 너희를 보여 준다.

그러니까 아직 형상화될 것이 남았다.

δ

이전에는 무엇이었을까? 비밀을 이야기하자는 게 아니

고 지나간 건 그냥 지나간 대로 두고 앞으로를 이야기하자는 거야.

이것들이 다 이제 와서 쓸모도 없이 비싸질 줄 누가 알았겠니?

그러니까 우리도 지금

엔딩부터 찍자.

그러면 다른 건 저절로……

저절로…….

(가장 아름다운 부분만을 보여 줄 것. 추한 부분은 너나 볼 것.)

ε

어떻게 된 일이죠?

"저는 그걸 방에 두고 왔다고 생각했어요. 그런데 돌아와 아무리 뒤져 봐도 찾을 수가 없는 겁니다. 속이 상해 맥주나 마시러 가려고 문을 연 순간

그게 제 눈앞에 서 있던 겁니다……."

그 뒤로는 기억이 나지 않는다.

맥주 마시러 갔으니까.

ζ

그들은 인공 숲으로 난 길을 지나 인공 정원에 도달했다. 그리고 인공 분수 앞에 서서 샴페인을 마시며 인공위

성을 그윽하게 바라보았다.

"……별이 참 예쁘네요."

그들은 저택으로 돌아와 그날의 광경에 대해 이야기했고, 유난히 귀담아 듣던 시인은 그걸 시로 썼다.

상을 받았다.

자연의 아름다움이 있었다.

η

어느 날 나는 내가 가진 무거운 물질을 네 주머니에 넣어 두었다.

θ

하지만 미래에 시간 여행이 가능해진다면 그곳엔 아무도 없을 거야. 더 먼 미래로 떠났거나 먼 과거에 우리와 같이 살았겠지.

미래를 보고 싶으면 내가 보여 줄 수 있어.

아주 조금씩.
아주 오랫동안.

우리에게 가장 인간다울 일을 생각하면서.

우리에게 가장 소중한 건 잠시 잊어 두면서.

그렇다면
이제 두 번째로 떠오르는 건 세 번째도 네 번째도 되고,

가짜인 걸 알수록 더욱 빛나고 마는.

잘못이 없는 사람의 꿈과 소망을 따라
사랑과 칭찬을 먹고 아픔 없이 건강하게 무럭무럭 자라렴.

아이들에겐 사랑을 가르쳐야지.

어차피

먼 것은 저 멀리 있고
가까운 것도 저 멀리 있단다.

그러니까 죽지 말고 살아.

여기 메타가 있다면 나는 깨어지고 말 것.

우리의 기억이 만나 기억이 기억만으로 무한히 증식되

는 동안 사람은 무엇에게 길들여졌을까.

절반은 사랑의 실패작인 물체들은.

잃어버려도 나를 떠나지 않고 나를 가르치는 나의 마음은.

K

네가 그 아이구나.
한번 만나고 싶었단다.

물론 우리는 전에 만난 적이 있고 앞으로도 만나게 될 거란다.

하지만 너는 곧 잊어버린다.

사랑과 슬픔 중에서 아직 아무것도 선택하지 않았으니까.

> 그러고 선택도 잊히고 나면

사람은 슬픔으로 기운다.
그것이 자연스러워서

우리는 자연을 향해 간다.

그 아이는 손을 잡지 않아도 너를 잃어버리지 않는다.

그러나

너는 자꾸 그 아이를 따라가고 싶어지지.

λ

감상으로 빠지지 말 것.
감정을 절제할 것.

둘 다 안 된다면

계속 쓸 것.

μ

“기억이 떠오른다고 네가 풍선이겠니? 그렇지 않다고 네가 풍선이 아니겠니?”

이것은 너의 대사이며,

사람들 사이에서 꼬리를 흔들다가 주인이 떠날 때 함께 자리를 뜨면 되는 간단한 장면이다.

너는 이 장면에서 꼬리를 맡는다.

네가 먼저 떠나기 전까지
우리가

> 머물던 자리.

ν

당신은 태어나서 지금까지 살아 있습니다. 그것을 믿어서

그것이 생겼습니다.

그것이 우리의 결정입니다.

ξ

축하해. 정말 좋은 일이야.

o

나는 살고 너는 살지 않는다. 그것 또한 우리의 결정이다. 내가 행복하면 너도 행복하고, 내가 불행하면 너도 불행하길 빈다.

여기서는 그게 잘 안되니까.

π······ω

두고 가는 메시지와
살아서

다시 기획되는 애프터.

꺼져서

있다.

붉은 해변

한밤중에 해야 할 일이 남았다고 했다. 그들은 해변에 흩어진 재를 모아 다시 불을 붙였다. 그러자 무언가 공중에서 새파랗게 타올랐다. 캄캄한 와중에 여기저기서 파란 빛이 반짝거렸다. 그들은 멀리서 왔다고 했다. 그들의 눈가가 젖어 있었다. 감은 눈마다 파란빛이 하얗게 남아 있었다. 누군가 와서 지금 대체 무슨 짓을 하는 거냐고 물었다. 심장이 뛸 때마다 빛이 보였다. 파란 눈을 가진 사람이었다.

안과 못

불꽃이 디지는 순간
이제 돌아가야만 한다는 걸 알아 버린 거야

만발하는 정원에서
너무나 아름다워서

사람만 없으면 좋겠다는 생각이 드는 세상 안에서

이제 우리는 사라지고
꽃과 정원사만이 남아 세상이 바뀌는 걸 바라보네

오래전 세상을 떠나 이 모든 게 생경하다는 듯이

나중이면 기억은 모두 사라지고
가사 없는 멜로디만 입에 맴돌다 그마저도 사라지겠지

그때 기억에게는 나중에 하고 싶은 말이 있었다

나중이라는 게 기억나기만 한다면

얼마든지 말하고 떠들 수 있는

세상이 있었다

지금은 꽃과 정원사만이 남아
병든 가지를 쳐 내고 얼굴을 한 겹씩 벗겨 내며 향에 취해 가지만

깨어나면 낮과 어울리는 사람이고
밤과 어울리는 사랑이다

지금은 모든 낮과 밤이 꺼지고
모든 것이 처음 시작된 순간을 떠올리네

모두가 떠나간 그곳을
모두가 떠나와 사라진 이곳을

이 모든 게 기억이 아니라는 듯이
지금 여기가 시작이라는 듯이

꽃은 꽃과 사랑을 하고
정원사는 사랑에게 꽃을 불같이 배우고

이제 우리는 사라져
꽃과 정원사만이 남아 세상이 바뀌는 걸 바라보네

불꽃이 만발하는 정원에서

사람만 없어 좋은 세상 안에서

생일

겁이 나서
새끼를 물어 죽인 토끼가

굴을 떠나려다
마지막으로 뒤돌아볼 때

가끔은 네 앞의 세상이 모든 세상이 돼

부끄러움은 어느 날 갑자기 사라지고

죽은 토끼가 사는 토끼 굴로
토끼 굴로

깡총
깡총

돌아갈 때

들어와

나는 사랑과 함께 있어

영원향

당신이 할 수 없는 모든 걸 제가 다 하겠습니다.
그러니 제게 보여 주세요. 당신이 할 수 있는 모든 걸.

산악 열차를 타고 멀리 떠날 수 있다는 생각을.
돌려 깎은 과일 껍질이 생각을 묶을 리본이 될 때까지.

가능하지 않은 걸 모두 실행하면서.
실패한 실험을 모두 기록해서 네게 보여 주려고.

그분은 저보다 이걸 더 사랑했어요. 어서 가져가시고 다시는 볼 일이 없었으면 좋겠습니다.

그러나 우리의 부모도 그들과 같다.
황금빛 보리를 헤치며 한 무리 사람들이 구시대에서 도망치고 있다.

지퍼가 닫히고 나면 바지는 다시 잠잠하다.
잠잠한 사이 바지는 생각한다.

이 믿음은 어디에서 오는 걸까.

눈앞의 이미지에서 공통점과 차이점을 찾고 있다.
눈과 코와 입이 같고 눈과 코와 입이 다르다. 공통점이 있다면 차이점에서 사랑이 시작된다.

겨울 수축과 여름 팽창의 마음으로 심장이 뛴다.

기다리던 것이 눈앞에 멈춰 서서 문을 열고 기다려 줄 때
그 마음은 마지막으로 남은 복사본이고

이 마음은 삭제된 원본이야.

너를 사랑하는 일이 나를 사랑하는 일이야.

우리는 오픈 소스고 이 세상에 동시에 업로드되었지.
우리의 소프트웨어를 누구나 개량하고 재배포가 가능하도록

슬픔이 아름답고 예뻐서 자꾸 생각이 나게.
그것은 고통이 몸을 포기할 때까지의 수동성.

능동성은 지금 나를 벗어나 당신이 보고 있는 것.

나는 네가 구성한 알고리즘이야.
우리는 연산되는 과정에 있고 이제 결과가 도출될 차례.

당신들이 찾은 답이 내게서 검산된다고 해서
우리가 같은 문제였을까요?

장노출로 찍은 네 얼굴을 알아볼 수가 없다.

그동안 너의 어딘가는 슬퍼한다.
우리는 이 필름을 똑같이 나눠 가지기로 했다.

블라인드를 내리면 이 모든 이미지에도 밤이 찾아오고

스크린의 물성이 빛과 혼합되고 있다.

—

죽거나 잊히지 않으면서
잠시 사라지고 싶을 때

먼 곳으로부터
더 멀리 가는

곳과 것

??

!!*

바위슬픔이랑 이끼슬픔 하자. 흙슬픔이랑 박테리아슬픔 하자.

아름답게 밝아 가는 생물의 아침.

어둡고 조금 축축하고 찢어지기 쉬운 것이 되어 가는 너랑 바위가 이끼 할 때까지 흙이 박테리아 할 때까지.

눈밭에 눈 내리는 소리.
하얀 종이 위에 하얀 종이 한 장을 더 겹치는 소리.

색은 하얗고 빛은 어둡고
찢어지기 쉬운 것.

눈밭 한가운데에서 깨어나 사라져 버린

* (누군가 여기 있었다.)

> 사람의 꿈.

월드

너는 이 사회와 어울리지 않는다. 그래서 너와 어울리는 사회를 지어 줄 참이다.

걱정하지 마라.

모든 일은 잘될 것이고, 잘되지 않은 일도 너의 탓이 아니니

네가 해야 하는 일은

늦게까지 하고 싶은 것 하고, 보고 싶은 것 보고, 가고 싶은 곳 가고, 먹고 싶은 것 먹고, 듣고 싶은 말 듣는 것.

그리고 느지막이 일어나

커튼을 걷고 날씨를 확인하고 조금 더 잠을 잘지 아니면 일어나 밥을 먹거나 티브이부터 틀지 고민하다가

언제든 잘 수 있으니

밤을 새워도 괜찮아. 하루 이틀쯤 안 자는 것도 좋아.

너는 이렇게 가능성으로 가득 차 있다.

그리고 너의 가능성은 세상을 뒤흔들 만한 재능도 가지고 있다.

조급해하지 마라.

모든 일에는 다 때가 있으니 그때를 기다려라.

그때가 오면 너를 그냥 지나치지 않을 것이니 불안해하지 않아도 된다.

너의 불안은 너를 갉아먹을 뿐이다.

불안의 먹이가 되지 않고 애완하고 싶다면 네 손으로 불안에게 먹이를 주어라.

네가 가진 것 중에 나누어도 될 만한 걸 던져 주어라.

그래도 괜찮다.

아프면 병원에 가라. 병원은 너의 아픔을 기다리는 곳이다. 네가 가지 않으면 그곳은 의미가 없다.

모두에게 좋은 일이다.

언제나 너부터 생각해라. 네가 있어야 모든 게 있다.

네가 너를 챙기고 보살피는 것은 이기적인 것이 아니다. 너를 방관하는 것이야말로 배타적인 것이다.

가지고 싶은 것은 가져라.

결국 모두 가지게 될 것이니 시간 문제일 뿐이다.

웃을 일을 자주 만들어라. 그러나 웃기지 않을 땐 웃지 않아도 된다.

울 일은 만들지 말고, 울고 싶을 땐 곧바로 울어라.

울지 않으면 의심하고 냉소하게 된다.

이 사회는 너를 위해 있다.

그것을 기억해야 한다.

네가 주인이고 손님이다.

네가 네게 대접하고 대접받는다.

> 최선을 다하면 두 배로 행복을 누린다.

사랑에 겁먹지 마라.
사랑은 두려운 것이 아니다.

그저 눈을 맞추고 있을 뿐이다.

하룻밤만 아프고 나면 이 모든 것을 이해할 수 있을 것이다.

네가 별을 보는 동안
별이 그 자리에 있듯이

너를 사랑하고 또 사랑한다.
너를 사랑하고 또 사랑한다.
너를 사랑하고 또 사랑한다.

이 사랑을 멈출 수가 없구나.

작품 해설

기계 서정

신수진(문학평론가)

"액자식 구성은 액자를 깨뜨리는 데 의의가 있다. 성공한 메타포는 예쁜 액자가 된다."라는 「인터랙티브 월드」의 문장은 이 글에서 두 번 인용된다. 틀 지움의 메타포를 깨뜨리는 것이 이 시를 읽는 방법이기 때문이다.

intro. 웨스트 월드

HBO 드라마 중 「웨스트 월드」라는 작품이 있다. 이 서사의 배경은 머지않은 근미래, 서부 개척 시대의 시공간을 가상이 아닌 현실 그 자체로 재현한 '웨스트 월드'이다. 이곳은 일종의 '인간의 욕망'을 지극히 현실감 있게 테라포밍한 곳으로 사용자인 인간은 절대로 죽지 않고 승리하도록 설계되어 있다. 극강의 자본력으로 만들어진 이곳에는 온갖 첨단의 것이 총망라되어 있다. 인공지능을 탑재한 '웨스트 월드'의 더미들은 인간의 거대한 욕망을 실현시키는 세계관(사랑, 승리, 살육 등) 안에서 사용자에게 여러 종류의 서사를 부여하는 역할을 수행한다. 그들이 맡은 부모, 자식, 연인, 친구 등의 역할은 사용자로 하여금 서사를 이끌어 가는 주인공이라 믿게끔 '실감나게' 구성돼 있다. 또한 이 모든 것은 인공지능에 기반한 알고리즘, 즉 기계적 메커니즘에 의해 구축된 것이다. 사용자가 처한 각기 다른 상황 및 그에 대한 요구에 따라 '월드'는 약간씩 변주되어 대처된다. '웨스트 월드'의 모든 것은 그야말로 사용자 인간의 욕망을 가장 성공적으로 실현시키는 데에 바쳐진다.

'웨스트 월드'는 예기치 못한 균열로 붕괴되기 시작한다. 인간의 욕망에 종속되도록 설계된 인공지능 중 일부가 그 역할을 인지하고 거부하면서, 인간의 신체 능력을 능가하는 기계적 신체를 통해 '웨스트 월드'의 인간을 토벌해 나간다. 그런데 이 역행 혹은 새로운 주체가 다시 쓰는 역사가 단순히 압도적인 힘의 우세를 따르는 것만은 아니다. 각성한 기계 인간 중 일부는 자신에게 부여받은 캐릭터의 성정을 완전히 버리지 못해 이 전쟁에서 살아남지 못하는 대신, 다른 기계 인간에게 형용할 수 없는 감정의 경험을 선사한다. 그러니 테라포밍된 세계인 '웨스트 월드'의 파괴이자 기계 인간이 시도하는 인간 세계의 전복은 인간적 욕망에 증오를 품은 인간 대 비인간 대결의 소산이 아니라, 비인간에 의한 인간적 감정의 찬탈에 가깝다. 요컨대

이 드라마는 인간 본원의 서정을 능가하는 기계적 서정에 관한 이야기다.

인간을 충족시키기 위해 인간의 감정을 원형으로 삼아 그것을 재현하고 구현하는 역할로 만들어진 존재가 인간을 적대하는 방식으로 그 서정을 드러낼 때, 그 서정은 과연 인간적인가 기계적인가? 타인의 관점으로 보기를 시도하고 또 얼마간의 실패를 반복하는 문학의 일에서, 기계의 언어로 서정을 말한다는 것은 인간적 서정이라는 원본을 유비해 탄생한 타자의 시선으로 바로 그 서정을 본다는 의미이다. 그러므로 그 감정이 '누구의 것'이냐는 질문은 유효하지 않다. 누군가의 것을 끊임없이 유비하는 기계의 서정은 결국 '서정이란 무엇인가?'를 묻는 거대한 메타포이기 때문이다.

> 신(Scene)에게 재배열이 필요하다.// (……) 예술적인 아름다움은 알고리즘이다.// 슬픔을 더 잘 아는 광고가 있고, 이미 가진 걸 여전히 권하는 기계가 있고, 사람이 없어진 자리에 사람을 구성하던 알고리즘을 대입해 주는// (……) 누군가 마음을 우는 것으로 대신하려 하고 있다. 진동과 소리를 모두 켜 둔 채로 받아 주길 바라고 있다.
>
> —「A-long take film」 부분

김종연의 시에서 자주 등장하는 낯선 주체의 발화는

인간에 기초한 서정이라는 원형을 김종연식으로 테라포밍한 결과로, 이것은 전에 없던 새로운 것의 '창조'가 아니라 "재배열"로 구현된다. 즉 어떻게 비슷하게 옮겨 놓느냐가 핵심이다. 기왕의 서정이 감정의 출렁임으로 말해졌다면 김종연의 '시 세계'에 와서 그 출렁임은 다르게 계산되어 재현되는데, 일종의 "알고리즘"에 의해 구현된 값으로 드러난다. 이 "알고리즘"이 시를 거쳐 정서를 생산해 내기 때문에 그것은 마치 (진짜) 마음 "대신"인 것 같다. 그런데 "대신"은 '대체'가 아니다. 서정에 대한 이 낯선 언어 혹은 접근법은 감정이 대체 불가능한 것이라는 사실과, 외부적 세계에 의해 그 감정이 공유되어 메타포로 의미화될 때 원관념으로서의 서정을 능가할 수 있음을 보여 준다.

이런 방식의 전개는 앞서 드라마 「웨스트 월드」가 보여 준 인간 서정의 기계화라는 테라포밍적 세계관의 전복이라는 구도와 흡사해 보인다. 김종연의 시가 기계적인("알고리즘") 시선을 차용해 전복하려는 것은 서정의 주인된 자리가 아니다. 기존 질서에 기초한 언어를 '인간적 언어'라 칭할 때, 김종연의 시는 '탈-인간화된 언어'로서 서정의 세계를 말하려고 한다. 그래서 지구적인 것(인간 중심적인 환경이자 맥락)과 매우 흡사하지만 인공적으로 만들어진 서정-세계를 구축함으로써 '서정의 주체'가 아닌, '서정'에 대해 말하기를 시도한다. 한 가지 유념해야 할 것은 이 시가 '기계적 서정'의 프레임으로 서정 세계를 치환해 '인간적 서정'의 프레임을 깨뜨리고자 하듯, 독자 역시 이 인공의 세계를 이해하기 위해 그 프레임을 이해하되 하나씩 깨뜨려 나가야 한다는 것이다. 결국 자기 세계의 파괴가 곧 그것으로부터의 해방을 이끈다. 마침내 프레임을 전부 깨뜨려 그 알레고리를 장악하는 순간, "성공한 메타포는 예쁜 액자가 된다."(「인터랙티브 월드」)

테라포밍된 세계

> 마음에 창이 있고/ 너머로 바라볼 게 있다는 건// (……) 사랑과 복종과 테라포밍과 마인드와
>
> — 11쪽 제사 부분

테라포밍은 일종의 타 행성의 지구화를 의미한다. 지구와 흡사한 환경을 만드는 행성 개조라고 할 수 있는 테라포밍은 김종연의 시에서 '현실-시 세계'라는 관계 속에서 다시금 환유된다. 시가 현실을 테라포밍한 결과라면 시는 현실의 반영이자 재현이면서 그것과 흡사하고 전혀 다른 세계이다. 무엇보다 이 테라포밍된 세계에서 구현하려는 것이 세계 그 자체가 아니라 하나의 서정이자 "마인드"("마음")인 한 시에서 다루는 마음은 현실의 "마음"과 가장 유사하다고 판단되는 어떤 것이다. 다시 말해 시 속 서정은 화자

가 사유하기에 가장 현실과 가까운 마음이라고 판단되는 무엇이다. 그러므로 테라포밍된 서정을 헤아리는 일은 (시 세계가 테라포밍되었다는 전제하에) 가장 현실의 서정과 가까운 것이면서, 실은 꼭 같지 않더라도 그렇게 믿어지는 서정임에 시인이 현실과 문학을 대하는 태도 또한 깃들어 있다.

> 나는 오인되었다 운동장의 주인이 아닌 자들이 운동장을 가득 채우고 빛을 비춰 그들의 주인을 밝혀 주었을 때도// 그들의 주인이 슬픔이라는 것을 알아차렸을 때도// 그들이 그들의 주인과 오랜 가족이었으며 친구였으며 이웃이었다는 것을 알아차렸을 때도// 나는 사람으로 오인되었다// 얼룩이 묻은 잔이었는데/ 자취의 죽음이었는데/ 슬픔의 수중이었는데/ 너무 긴 비였는데// 슬픔의 주인이었는데
>
> —「마지막 오늘」 부분

현실을 테라포밍한 김종연 시의 서정은 기계적이다. 탈인간적 존재인 듯한 화자가 등장한다는 점에서 그렇다. 위의 시에서 '나'는 "사람으로 오인되었다"고 말한다. 이 문장을 직독한 대로 상상하자면 '나'는 "사람"과 흡사한 형태처럼 착각되는 존재다. 그런데 "오인되었다"는 말이 품은 진실은 실제로 '나'는 사람이 아니라는 뜻일 테니, '나'는 "사람" 같지만 "사람" 아닌 존재로 가짜 사람, 사람 형질을 했지만 사람 아닌 어떤 존재로 상상된다. 이에 근거해 '나'를

일종의 로봇 즉 기계 인간으로 상정해 볼 수 있는데 애당초 문학에서 최초로 등장한 '로봇'*이라는 개념이 인간의 형질을 모사해 인간에게 봉사하는 사이보그에 가깝다는 점이 그 근거가 되겠다. 이를 뒷받침하듯 다른 시에서 "이 기계는 고장 난 것이 아니다.// 기억을 말하고 있다./ 여기까지가 사람의 이야기였다고./ 이다음부터는// 내 이야기라고."(「영원향방감각」) 말한다. "여기까지가 사람의 이야기"였다면 이제부터 시작된 "내 이야기"란 사람 아닌 자의 이야기 즉 사람의 입장에서는 고장 난 것처럼 보이지만 실제로 그렇지 않은 "기계"의 이야기란 뜻이 되므로, 화자의 기계적(탈인간적) 성질은 한층 강화된다.

그런데 우리가 화자의 형태를 일종의 기계적인 것으로 상상한다고 하더라도 실제로 화자가 기계 인간 그 자체인 것은 아니다. 누차 말하듯 이 화자가 존재하는 세계는 현실의 세계를 모사하고 그것과 가장 흡사한 상태로 만들어진 '시 세계'다. 즉 인간으로 오인되며 인간은 아닌 존재로서 기계 인간을 발음할 때 그것은 명확한 존재 형태를 규정하는 일이 되지 않고 현실의 어떤 것에 대한 일종의 비유 체계로 작동한다. 그렇다면 이 '기계 인간'은 도대체 무엇일까? 앞서 인용한 시의 후반부는 이 질문에 대한 하나의 대답이다. '나'는 "얼룩이 묻은 잔"이고 "자취의 죽음"이

* 카렐 차페크 희곡 『R. U. R.』에서 '로봇'이라는 단어가 최초로 사용되었다.

며 "슬픔의 수중" "너무 긴 비"였다고 말하며 마침내 "슬픔의 주인"이라는 말에 도착한다. "슬픔의 주인" 앞에 나열된 말들이 그 말에 도래하기까지 빗댄 것들이라 할 때, '나'는 "슬픔"이라는 하나의 서정으로 이해된다. 이 시 뒤에 "슬픔이 말한다.// 여기서 저장하고/ 다시 하자."면서 "슬픔을 개량해서 사랑을 보존한다. 사람의 역사에 자원이 된다.// 너는 지구상에 분포된 정서의 한 품종으로 이해되고 있다."는 「생물」을 이어 붙여 읽을 때 '나'의 정체는 좀 더 분명해진다. 우리는 '슬픔'이라는 정서가 하는 말을 듣고 있다. 끝내 인간적인 것을 모사하는 기계적인 것이 발화하는 서정의 말을 듣게 되는 것이다.

기계적 서정과 '순수 서정'

사람의 곁을 지키다 사람이 남는다/ 애프터와 서비스가 기다리고 있다// 한 사람이 부품을 이룩하는 세계로 은유보다 나은 인위가 있다고 믿어서// 믿음에 쫓겨 다닌다// (……) 너도 인간이니? 물어보는 인공지능의 마음으로// (……) 어제는 잠들어 있다/ 만들 수 있는 근미래를 향해서// (……) 여기 올 것이 정말/ 여기에 와서// 되어 있다

—「순수 서정」 부분

테라포밍된 시 세계의 화자를 기계 화자로 상상하고 읽을 때 결국 우리가 따라가게 되는 것은 일종의 기계(의) 서정이다. 물론 사람의 서정과 가장 비슷하게 구사한다고 믿어지는 것으로서. 이러한 조건 위에서 볼 때 제목부터가 '순수 서정'인 이 시를 읽는 일은 예사로울 수 없다. '순수 서정'이란 말은 마치 서정의 핵심이란 뜻으로 받아들여진다. 과연 기계 화자는 무엇을 때 묻지 않은, '순수 서정'이라 말하는가? '나'는 세계의 한복판에 뛰어들었다기보다는 그것을 관찰하는 자다. 그가 보는 세계란 "사람의 곁을 지키다 사람이 남는" 곳이지만, 실제로 그렇게 남은 "사람"이 믿어 지탱하는 세계의 진실이란 "은유보다 나은 인위가 있다"는 것이다. 때문에 은유된 것과 다르지 않은 인위로 존재하는 기계 화자의 서정이야말로 그 무엇보다 "나은" 것이다. 이런 방식으로 '나'의 발화에 힘이 실릴 때, 그가 관찰하고 발설하는 모든 것이 세계의 진실에 가장 근접한 것이자 곧 서정의 진실이 된다. 어쩌면 건조하고 차가운 성질을 가진 이 물질이 서정일지도 모른다.

그런데 이 사실은 서정의 기계화를 추진한 어느 시점에 이르러서, 비로소 '발견된' 것인가? 이는 차라리 '(예견된) 발명'에 가까워 보이는데 위 인용의 마지막 구절 때문에 그렇다. 시간성에 대한 묘한 성찰로 끝맺는 위의 시는 이미 미래에 도달하기로 결정되어 있었던 과거의 것이 도착

했다는 뜻으로 읽힌다.("여기 올 것이 정말/ 여기에 와서// 되어 있다") 이러한 성찰은 서정을 단순히 마음의 상태가 아니라, 어떤 마음이 시작되고 도달하는 일련의 시간의 흐름으로 본다는 점에서 눈여겨볼 만하다. 이 시간성은 기계 서정의 말을 빌리자면 다음과 같이 표현된다.

> 어느새 중간이다. 기쁘지도 슬프지도 않고, 타인의 마음을 침략하거나 사랑을 갈구하지도 않는다. 공부하는 중이다.// 지금이 중간에 끼여 있어서 고사가 필요했다.// (……) 기계는 배우지 않고 가르친다. 슬픔은 저항이 약하다. 기쁨은 저항이 약하다. 너는 그것을 부품인 줄 안다.// (……) 저들도 저마다의 중간에 끼여 있다. 시험에 들 것이다.// (……) 이것은 먼 기억이다. 미래의 키오스크적 형태다. 불이 켜지고 다시 꺼지면 믿음만 남는다.// (……) 기계가 기계로부터 소외되고 있다./ 사람은 누구나 각자의 중간부터는 소외된다.
>
> —「기념일」 부분

과거의 미래 전언이 미래에 도달해 실현되는 시점에, 과거는 미래 진행적인 것으로서 다시금 강력하게 환기된다. 이는 시간의 한가운데("중간")를 똑 분지른 모양으로 상상된다.

접힌 "중간"에 이르러 미래로의 시간의 흐름은 과거를 되짚는 방향으로 흘러간다. 이 두 시간성이 완전히 동일한 반복으로 재현되는 것은 아니므로 미래는 미래대로 흘러간다. 다만 바로 이런 성찰은 기계 화자의 시점에 "중간"이 자각되었을 때 가능하다. 현실을 테라포밍한 미래지향적 시 세계는 과거가 소원했던 미래에 도달한 시점으로서 존재하는데, 이로부터 더 미래로 나아가려는 성찰이 흡사 과거를 더듬는 쪽으로 향하는 것은 어떤 연유에서인가? 이는 미래지향적 서정의 실패를 의미할까? 이를 해명하기 위해 기계 서정이 성찰한 "중간"에 대해 좀 더 숙고해 보아야 하는데 이는 궁극적으로 기계 화자로 현현된 '순수 서정' 그 자체를 이해하는 일이 된다.

「중앙 공원」의 한 구절인 "이제 일어날 일들이 있고/ 아직 일어난 일들이 있"다는 말은 과거의 것이 곧 미래에 도달해 완수될 것임과 동시에 미래의 것이 곧 과거화될 것임을 드러낸다. 이 둘은 일직선의 방향으로 차례대로 흘러가지 않고 동시적으로 자각된다. 그런데 이런 방식의 자각은 기계 화자에 의해 관념화되는 서정 자체의 메커니즘이다. '과거의 어떤 사건이 미래적으로 흘러가 마침내 하나의 서정으로 구현된다.'는 것은 인지적 차원의 설명일 뿐 실제로 기계 화자의 세계에서 서정은 순차적으로 구축되지 않는다. 이를테면 슬픔이란 그것을 자각하기 '이전'에 이미 발생했으며 시간이 '흘러' 슬픔의 모습을 갖춘다. 마침내 어떤 마음이 슬픔이었음을 보는 시점에 슬픔은 슬픔이 되기까지의 시간성을 아우르는 일이되므로 그것은 과거를 불러일으키는 서정이다. 과거의 것이 마침내 미래에 도달했고 그 순간 미래는 다시 과거로 꺾여 지속된다. 서정은 이런 방식으로 구축되고 흘러가는데, 이는 어떤 일시 정지 혹은 보류의 상태에서 자각된다. 그것을 가능케 하는 시간적 위치가 "중간"이다. 그러므로 어떤 불길한 기억의 원초를 끊임없이 떠올리는 「중앙 공원」의 말미에 이르러 "이제야 중간이고 아직도 중간이다./ 어둡지도 밝지도 않은 균형."이라는 말은 이 서정의 흐름을 매만지는 구절로 읽힌다. 이어 "이 일은 돌아갈 때까지 여러 번 반복된다."는 마지막 구절을 왜 하필 이것이 모사 인간적 존재인 기계 화자의 서정으로 표방되어야 하는지에 대한 힌트로 삼을 수 있겠다. 모사, 인공, 기계적 구현의 핵심은 원본 삼은 '진짜'가 되는 것이 아니라 그것에 가깝게 되기까지 계속해서 다음의 기회를 얻는 것, 즉 '다시 하기'가 가능하다는 데 있기 때문이다.("더 잘할 수 있습니다/ 정말입니다"(「버추얼 월드」))

기계적 시각과 영화적 프레임

기계 화자이기 때문에 비로소 여러 번 다시 쓰기가 가능한 이 테라포밍된 시 세계의 원리를 이해한다면, 시집의 후반부에 주로 배치된 서사적 형태(특히 '영화'라는 장르와의 인접성을 지니는)의 긴 시들이 어째서 출현하게 되었는지도 (기계적 관점에서) 이해할 수 있다. 맨 앞에서 언급했던 '프레임'에 대한 한 구절을 다시 가져와 본다.

> 액자식 구성은 액자를 깨뜨리는 데 그 의의가 있다. 성공한 메타포는 예쁜 액자가 된다.
>
> —「인터랙티브 월드」 부분

나는 앞서 이 시집이 중층적으로 구성해 놓은 "액자"를 부숴야 한다고 말한 바 있다. 이 시집이 궁극적으로 성찰하고자 하는 '순수 서정'은 기계적 메커니즘에 따른 지속적인 '다시 하기'로써 겹겹의 메타포로 드러나기 때문이다. 그러므로 이 시집 전체를 "성공적인 메타포"로 읽기 위해서는 겹겹의 틀 있음에 주목할 필요가 있다. 이러한 목표가 시 전체를 통과하는 유일한 참 명제라고 할 때, 매 편의 시는 서정을 구현하는 원리를 보여 준다는 점에서 서정에 '대한' 것이 아니라 서정의 구조 그 자체다. 다만 이것이 하나의 "메타포"로서 드러나고 있다면 일종의 서사적 진술마저 그 구조를 이미지화한 것으로 이해해야 마땅한데 그런 관점에서 서사적 형태의 시 일부를 읽어 보자.

> 1// 만약 내가 사는 세상이 알고 보니 영화 끝에 나오는 쿠키 영상이라면?이란 의문에서 이 시는 시작된다.// 그러니까 이 세상이 인류가 이룩한 문명의 주요 공로자들을 치하하기 위한 테마파크고 우리는 굿즈나 사며 돌아다니다가 크레디트가 올라가고 나면 쓸데없이 명찰이나 달고 어딘지 알지도 못할 면접장에 앉아서// "저는 이 유니버스와 저 유니버스를 잇는 가교 역할을 하고 싶습니다!" 같은 소리나 했는데 하필 출근하고 보니 저기가 미래고 여기가 과거라// 내가 미래를 조금 반영하게 된 거라면?// (……) 7// 영화가 끝났는데 모두 떠나지 않고 있다. 영화가 끝났는데 아무도 말하지 않고 있다. 영화가 끝났는데 더 중요한 걸 기다리고 있다.// 다 끝나야 돌아갈 수 있다./ 아직 비유되기 이른 슬픔이 남아 있다.// (……) 8// 우리는 모두 사람이고 스크린의 픽셀입니다. 우리가 많을수록 영화의 해상도가 높아집니다. 우리는 점이고 선이고 면입니다. 전능하신 감독님들 덕분에 이 세상에 등장하는 인물입니다.// 이미지를 만드는 믿음에 우리 중 누가 처음 신이 되어 주셨습니까?// 다만// 이 모든 우리에게는 계기가 있습니다.
>
> —「레코드 클럽」 부분

이 시는 '중간'의 시점, 판단과 행동의 정지 상태에 있는 기계 화자가 '과거가 미래화된 시점'에 '인간적' 서정이 아니라 자기 자신의 서정과 그것을 구축하는 세계를 파악하는 독백처럼 읽힌다. 진실된 서정을 토로하기 위해 '만들어진' 화자인 '나'는 "영화"적 프레임 안에 자신이 놓여 있을지도 모른다고 생각한다. 그런데 비유적인 의미가 아니라 문자 그대로 자신이 "이 유니버스와 저 유니버스를 잇는 가교"의 역할을 하고 있음을 깨닫는다. 여기에서 자신의 발화가 뭔가에 바쳐지기 위해 설계된 것임을 알게 된 '나'는 전언의 역할을 수행하는 대신 자기 성찰의 기준을 제 방식대로 돌려 버린다. "우리"라는 화자가 등장하는 이유다. 우리가 읽고 있는 한 권의 시집이 여러 명의 '나'들이 이미지화되어 등장하는 한 편의 영화라고 할 때, 이 '나'들이 제 역할을 제대로 수행하고 많이 모일수록 하나의 "이미지"의 해상도는 높아진다. 그것을 설계하는 자는 그런 방식으로 서정을 구현할 수 있다고 믿는 '감독자'이자 "신"이며, 이는 다시 테라포밍된 시 세계임을 고려할 때 기왕의 문법적인 것의 핵심 즉 '인간적인 서정'으로 주재되는 이다. 그러나 이제 이 기계 화자는 자신이 매번의 시에서 수행한 관찰자의 역할이 하나의 큰 이미지를 위함이었음을 알았고 '영화'의 끝에 다다라 "우리"가 단지 동원된 것이 아니라 "이 모든 우리에게는 계기가 있"다는 것으로 '인간적인 기준으로 테라포밍된' 범주 너머의 '오류'를 일으킨다. 이로써 인간 주재의 세계는 깨지고 기계 주재의 새 프레임이 설정된다.

반란의 미래

여기부터 이미지. 기상 기계는 관할하는 세상에 1년 내내 눈이 내리도록 설정한 뒤 조정자를 바라본다.// 이런 오류는 이전에 보고된 적이 없다./(……) 출구가 안에 있다. 들어가지 못한 이미지들이 분해되고 있다. 주인이 사라지면 발자국들이 떠난다.// 이를 뒤집은 문장은 반대에 부딪혀 다시 조립된다.

—「허밍 댄스」 부분

이 시에서 "기상 기계"는 마치 오류처럼 보이는 일을 행한다. 이는 조정자에게 설계된 적 없는 프로그램상의 오류, 즉 기계는 자의적 판단이 불가능한 (혹은 금지된) 존재라는 전제 위에서 처음 발견된 "오류"로 여겨진다. 이미 여기에서부터 기계 화자가 구현하는 서정이 "조정자" 즉 '인간적인 화자'의 세계를 압도하는 일이 시작된다. "조정자"의 미래로서 기계 서정의 세계가 구축되었는데 어느 시점에는 그것이 방향을 전환해 과거의 원초적 역사(창조자 인간의 신격화된 역사)를 압도한다. 마침내 궁극적 서정에 도달하기 위해 설계된 미래지향적인 인공적 시 세계는 원본의 자리에 있던 것을 그 자격으로부터 탈각시키고 원본 자체를 재구성하는 어떤 것이 되고자 한다. 이를 서정의 움직임으로 다시 말하건대 '인간적인 시각'으로 포획되지 않는 기계적 서정의 성찰로 인해 '순수 서정'은 그 자신이 모사하는 '원본'을 수정하는 셈이다. 이를 이 시의 메타포적인 형태로 말해 기계의 반란과 세계의 전환이라고 해도 좋다면, 「애프터 더 월드」는 이후 김종연의 시 세계가 나아갈 길을 제출하는 것처럼 보인다는 점에서 아직 상상되지 않은 이다음 서정의 영역에 대한 예고로 읽힌다.

> 하나를 나눠 가져서 마음이겠니./ 서로를 나눠 가져서 마음이겠니.// 마음을 찾으려면 마음을 포함한 전체를 스캔해야 하며, 그 과정이 마무리되면 마음은// "마음을 찾지 못했습니다."// 한다.// (……) 마음은 무거운 물질이다.// 현실을 사실화된 애니메이트라고 한다면 이 모든 건 형상화 작업이며 미래가 구상한 과거의 조감도라고 할 수 있다.// (……) "만질 수 없는 게 마음이었는데, 가만히 보니 지문이 묻어 있었다." // 발명될 것인가,/ 발견될 것인가.// (……) 아직 기술이 부족하여 발전을 기다리고 있다.// 네가 내미는 것이 너를 대변한다./ 너희가 보는 것이 너희를 보여 준다.// 그러니까 아직 형상화될 것이 남았다.// (……) 어느 날 나는 내가 가진 무거운 물질을 네 주머니에 넣어 두었다.// (……) 두고 가는 메시지와/ 살아서// 다시 기획되는 애프터.// 꺼져서// 있다.
>
> —「애프터 더 월드」 부분

"현실을 사실화된 애니메이트라고 한다면 이 모든 건 형상화 작업이며 미래가 구상한 과거의 조감도"라는 문장은 이 모든 상황에 대한 기계 화자의 자기 예언적 성찰처럼 보인다. 시라는 세계로의 테라포밍과 원본 세계의 핵심인 '순수 서정'을 구현할 목적으로 기계 서정을 실험하는 일, 시도할 수 있는 최대한의 경우의 수로서 제각기 다르게 쓰인 시적 발화(매 편의 시). 그리고 이 시집의 마지막에 기계 화자가 이 모든 시적 발화의 시도를 조망한다는 점에서 이 시는 그야말로 "조감도"다. 그런데 이 일련의 기계 서정 프로젝트의 끝에서 화자는 "아직 기술이 부족"하다고 말한다. 서정의 구현 내지는 순수 서정의 추출에 실패했다는 듯 보이기도 하는데 이 과정에서 "마음"이라는 시어가 특히 두드러짐에 주목하자. '인간적 언어'로는 다 설명되지 않았던, 하여 그것을 전복하는 기계 서정의 반란의 끝에 와 규명하려 했던 것은 "마음"이다. '서정'의 원리와 세계를 파악하고 장악해 나가는 일은 결국 "마음"을 이해하는 것에 달려 있다는 뜻이다.

시라는 인공적 세계로부터 구현해 내야 하는 현실 서정의 핵심인 "마음"은 과연 무엇이며 어떤 식으로 구축되는가. "네가 내미는 것이 너를 대변"하고 "너희가 보는 것이 너희를 보여 준다."는 문장이 의미하듯 현실에 이미 존재하는 서정이 시라는 인공적 공간으로 옮겨질 때, 그 모든 과정은 옮긴 이가 이해하는 서정의 메커니즘을 반영한다.

다시 말해 이 시에서 언급되는 "마음"은 인간의 것을 건너 기계적 서정의 관점에 이르기까지 겹겹의 시선 속에서 발굴된 것이다. 그것은 "무거운 물질"로, 화자는 어느 날 자신이 "가진 무거운 물질을 네 주머니에 넣"어 둔다. 마음을 전한다는 말이 이토록 물리적 무게로 실물화되는 것은 기계 서정적 표현처럼 보이며, 그 "무거운 물질"을 옮겨 갈수록 아마도 "마음"은 커지거나 존재를 장악하게 되는 것 같다.

다음 서정의 영역(으로서 마음)을 밝혀 말하기에는 "아직 기술이 부족"하다고 판단되고 있다면 "마음"을 해명하게 될 먼 미래, 그러나 곧 도래하게 될 과거로서 서정에 대한 탐구는 지속될 것이며 가능할 것이다. 왜냐하면 이 기계적 서정의 세계에서 미래란 상상조차 하지 못한 먼 곳이 아니라 익히 알고 있는 과거로 방향을 꺾는 것이기 때문이다. 그러니 모사의 모사를 거쳐 가장 원형에 가까운 물질을 규명해 내려는 이 시적 시도는, 그러므로 계속해서 "다시 기획되는 애프터"로 펼쳐질 것이다.

지은이 김종연
1991년 서울에서 태어났다. 2011년《현대시》신인추천작품상,
2014년 대산대학문학상을 수상하며 작품 활동을 시작했다. 2022년
「마트에 가면 마트에 가면」으로《자음과모음》경장편소설상을
수상했다.

월드

1판 1쇄 찍음 2022년 11월 16일
1판 1쇄 펴냄 2022년 11월 30일

지은이 김종연
발행인 박근섭, 박상준
펴낸곳 (주)민음사

출판등록 1966. 5. 19. (제16-490호)
서울특별시 강남구 도산대로1길 62(신사동)
강남출판문화센터 5층 (06027)
대표전화 02-515-2000 / 팩시밀리 02-515-2007
www.minumsa.com

ISBN 978-89-374-0925-7
978-89-374-0802-1 (세트)

* 잘못 만들어진 책은 구입처에서 교환해 드립니다.
* 이 책은 2016년 대산문화재단 대산창작기금과 서울문화재단
'2019년 첫 책 발간 지원사업'의 지원을 받아 발간되었습니다.

민음의 시
목록

083 **미리 이별을 노래하다** 차창룡
084 **불안하다, 서 있는 것들** 박용재
085 **성찰** 전대호
086 **삼류 극장에서의 한때** 배용제
087 **정동진역** 김영남
088 **벼락무늬** 이상희
089 **오전 10시에 배달되는 햇살** 원희석
090 **나만의 것** 정은숙
091 **그로테스크** 최승호
092 **나나 이야기** 정한용
093 **지금 어디에 계십니까** 백주은
094 **지도에 없는 섬 하나를 안다** 임영조
095 **말라죽은 앵두나무 아래 잠자는 저 여자** 김언희
096 **흰 책** 정끝별
097 **늦게 온 소포** 고두현
098 **내가 만난 사람은 모두 아름다웠다** 이기철
099 **빗자루를 타고 달리는 웃음** 김승희
100 **얼음수도원** 고진하
101 **그날 말이 돌아오지 않는다** 김경후
102 **오라, 거짓 사랑아** 문정희
103 **붉은 담장의 커브** 이수명
104 **내 청춘의 격렬비열도엔 아직도 음악 같은 눈이 내리지** 박정대
105 **제비꽃 여인숙** 이정록
106 **아담, 다른 얼굴** 조원규
107 **노을의 집** 배문성
108 **공놀이하는 달마** 최동호
109 **인생** 이승훈
110 **내 졸음에도 사랑은 떠도느냐** 정철훈
111 **내 잠 속의 모래산** 이장욱
112 **별의 집** 백미혜
113 **나는 푸른 트럭을 탔다** 박찬일
114 **사람은 사랑한 만큼 산다** 박용재
115 **사랑은 야채 같은 것** 성미정
116 **어머니가 촛불로 밥을 지으신다** 정재학
117 **나는 걷는다 물먹은 대지 위를** 원재길
118 **질 나쁜 연애** 문혜진
119 **양귀비꽃 머리에 꽂고** 문정희
120 **해질녘에 아픈 사람** 신현림
121 **Love Adagio** 박상순
122 **오래 말하는 사이** 신달자
123 **하늘이 담긴 손** 김영래
124 **가장 따뜻한 책** 이기철
125 **뜻밖의 대답** 김언희
126 **삼천갑자 복사빛** 정끝별
127 **나는 정말 아주 다르다** 이만식
128 **시간의 쪽배** 오세영
129 **간결한 배치** 신해욱
130 **수탉** 고진하
131 **빛들의 피곤이 밤을 끌어당긴다** 김소연
132 **칸트의 동물원** 이근화
133 **아침 산책** 박이문
134 **인디오 여인** 곽효환
135 **모자나무** 박찬일
136 **녹슨 방** 송종규
137 **바다로 가득 찬 책** 강기원
138 **아버지의 도장** 김재혁
139 **4월아, 미안하다** 심언주
140 **공중 묘지** 성윤석
141 **그 얼굴에 입술을 대다** 권혁웅
142 **열애** 신달자
143 **길에서 만난 나무늘보** 김민
144 **검은 표범 여인** 문혜진
145 **여왕코끼리의 힘** 조명
146 **광대 소녀의 거꾸로 도는 지구** 정재학
147 **슬픈 갈릴레이의 마을** 정채원
148 **습관성 겨울** 장승리
149 **나쁜 소년이 서 있다** 허연
150 **앨리스네 집** 황성희
151 **스윙** 여태천
152 **호텔 타셀의 돼지들** 오은
153 **아주 붉은 현기증** 천수호
154 **침대를 타고 달렸어** 신현림
155 **소설을 쓰자** 김언
156 **달의 아가미** 김두안
157 **우주전쟁 중에 첫사랑** 서동욱
158 **시소의 감정** 김지녀
159 **오페라 미용실** 윤석정
160 **시차의 눈을 달랜다** 김경주
161 **몽해항로** 장석주
162 **은하가 은하를 관통하는 밤** 강기원
163 **마계** 윤의섭
164 **벼랑 위의 사랑** 차창룡
165 **언니에게** 이영주
166 **소년 파르티잔 행동 지침** 서효인
167 **조용한 회화 가족 No. 1** 조민
168 **다산의 처녀** 문정희

169 **타인의 의미** 김행숙
170 **귀 없는 토끼에 관한 소수 의견** 김성대
171 **고요로의 초대** 조정권
172 **애초의 당신** 김요일
173 **가벼운 마음의 소유자들** 유형진
174 **종이** 신달자
175 **명왕성 되다** 이재훈
176 **유령들** 정한용
177 **파묻힌 얼굴** 오정국
178 **키키** 김산
179 **백 년 동안의 세계대전** 서효인
180 **나무, 나의 모국어** 이기철
181 **밤의 분명한 사실들** 진수미
182 **사과 사이사이 새** 최문자
183 **애인** 이응준
184 **애들아, 모든 이름을 사랑해** 김경인
185 **마른하늘에서 치는 박수 소리** 오세영
186 **ㄹ** 성기완
187 **모조 숲** 이민하
188 **침묵의 푸른 이랑** 이태수
189 **구관조 씻기기** 황인찬
190 **구두코** 조혜은
191 **저렇게 오렌지는 익어 가고** 여태천
192 **이 집에서 슬픔은 안 된다** 김상혁
193 **입술의 문자** 한세정
194 **박카스 만세** 박강
195 **나는 나와 어울리지 않는다** 박판식
196 **딴생각** 김재혁
197 **4를 지키려는 노력** 황성희
198 **.zip** 송기영
199 **절반의 침묵** 박은율
200 **양파 공동체** 손미
201 **온몸으로 밀고 나가는 것이다**
서동욱·김행숙 엮음
202 **암흑향暗黑鄕** 조연호
203 **살 흐르다** 신달자
204 **6** 성동혁
205 **응** 문정희
206 **모스크바예술극장의 기립 박수** 기혁
207 **기차는 꽃그늘에 주저앉아** 김명인
208 **백 리를 기다리는 말** 박해람
209 **묵시록** 윤의섭
210 **비는 염소를 몰고 올 수 있을까** 심언주
211 **힐베르트 고양이 제로** 함기석
212 **결코 안녕인 세계** 주영중
213 **공중을 들어 올리는 하나의 방식** 송종규
214 **희지의 세계** 황인찬
215 **달의 뒷면을 보다** 고두현
216 **온갖 것들의 낮** 유계영
217 **지중해의 피** 강기원
218 **일요일과 나쁜 날씨** 장석주
219 **세상의 모든 최대화** 황유원
220 **몇 명의 내가 있는 액자 하나** 여정
221 **어느 누구의 모든 동생** 서윤후
222 **백치의 산수** 강정
223 **곡면의 힘** 서동욱
224 **나의 다른 이름들** 조용미
225 **벌레 신화** 이재훈
226 **빛이 아닌 결론을 찢는** 안미린
227 **북촌** 신달자
228 **감은 눈이 내 얼굴을** 안태운
229 **눈먼 자의 동쪽** 오정국
230 **혜성의 냄새** 문혜진
231 **파도의 새로운 양상** 김미령
232 **흰 글씨로 쓰는 것** 김준현
233 **내가 훔친 기적** 강지혜
234 **흰 꽃 만지는 시간** 이기철
235 **북양항로** 오세영
236 **구멍만 남은 도넛** 조민
237 **반지하 앨리스** 신현림
238 **나는 벽에 붙어 잤다** 최지인
239 **표류하는 흑발** 김이듬
240 **탐험과 소년과 계절의 서** 안웅선
241 **소리 책력冊曆** 김정환
242 **책기둥** 문보영
243 **황홀** 허형만
244 **조이와의 키스** 배수연
245 **작가의 사랑** 문정희
246 **정원사를 바로 아세요** 정지우
247 **사람은 모두 울고 난 얼굴** 이상협
248 **내가 사랑하는 나의 새 인간** 김복희
249 **로라와 로라** 심지아
250 **타이피스트** 김이강
251 **목화, 어두운 마음의 깊이** 이응준
252 **백야의 소문으로 영원히** 양안다
253 **캣콜링** 이소호
254 **60조각의 비가** 이선영
255 **우리가 훔친 것들이 만발한다** 최문자

256 **사람을 사랑해도 될까** 손미
257 **사과 얼마예요** 조정인
258 **눈 속의 구조대** 장정일
259 **아무는 밤** 김안
260 **사랑과 교육** 송승언
261 **밤이 계속될 거야** 신동옥
262 **간절함** 신달자
263 **양방향** 김유림
264 **어디서부터 오는 비인가요** 윤의섭
265 **나를 참으면 다만 내가 되는 걸까** 김성대
266 **이해할 차례이다** 권박
267 **7초간의 포옹** 신현림
268 **밤과 꿈의 뉘앙스** 박은정
269 **디자인하우스 센텐스** 함기석
270 **진짜 같은 마음** 이서하
271 **숲의 소실점을 향해** 양안다
272 **아가씨와 빵** 심민아
273 **한 사람의 불확실** 오은경
274 **우리의 초능력은 우는 일이 전부라고 생각해** 윤종욱
275 **작가의 탄생** 유진목
276 **방금 기이한 새소리를 들었다** 김지녀
277 **감히 슬프지 않을 수 있겠습니까?** 여태천
278 **내 몸을 입으시겠어요?** 조명
279 **그 웃음을 나도 좋아해** 이기리
280 **중세를 적다** 홍일표
281 **우리가 동시에 여기 있다는 소문** 김미령
282 **써칭 포 캔디맨** 송기영
283 **재와 사랑의 미래** 김연덕
284 **완벽한 개업 축하 시** 강보원
285 **백지에게** 김언
286 **재의 얼굴로 지나가다** 오정국
287 **커다란 하양으로** 강정
288 **여름 상설 공연** 박은지
289 **좋아하는 것들을 죽여 가면서** 임정민
290 **줄무늬 비닐 커튼** 채호기
291 **영원 아래서 잠시** 이기철
292 **다만 보라를 듣다** 강기원
293 **라흐 뒤 프루콩 드 네주 말하자면 눈송이의 예술** 박정대
294 **나랑 하고 시픈게 뭐에여?** 최재원
295 **해바라기밭의 리토르넬로** 최문자
296 **꿈을 꾸지 않기로 했고 그렇게 되었다** 권민경
297 **이건 우리만의 비밀이지?** 강지혜
298 **몸과 마음을 산뜻하게** 정재율
299 **오늘은 좀 추운 사랑도 좋아** 문정희
300 **눈 내리는 체육관** 조혜은
301 **가벼운 선물** 조해주
302 **자막과 입을 맞추는 영혼** 김준현
303 **당신은 오늘도 커다랗게 입을 찢으며 웃고 있습니까** 신성희
304 **소공포** 배시은
305 **월드** 김종연